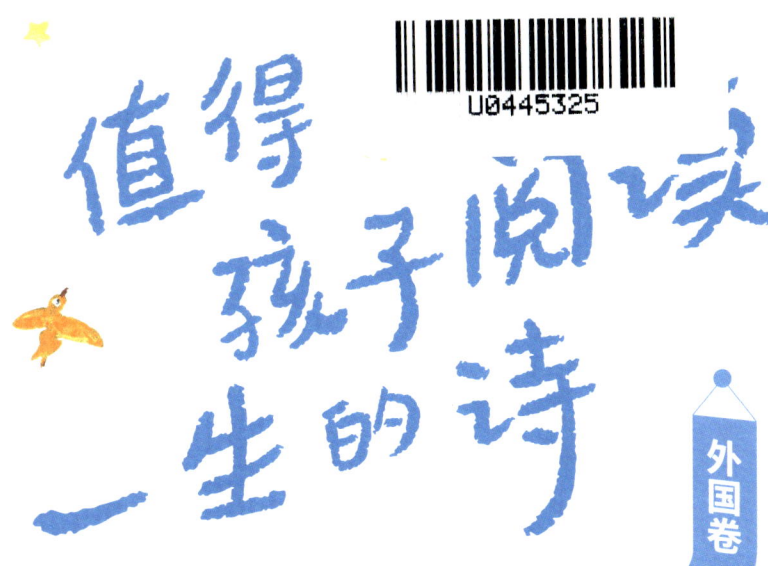

值得孩子阅读一生的诗

外国卷

邱易东　罗娟　编
舒伟　赵坤　等译

重庆出版集团　重庆出版社

图书在版编目（CIP）数据

值得孩子阅读一生的诗. 外国卷 / 邱易东，罗娟编；舒伟，赵坤等译. -- 重庆：重庆出版社，2025.5.
ISBN 978-7-229-19393-5

Ⅰ. I12

中国国家版本馆CIP数据核字第2025EB2019号

值得孩子阅读一生的诗(外国卷)
ZHIDE HAIZI YUEDU YISHENG DE SHI（WAIGUO JUAN）
邱易东　罗　娟　编　舒　伟　赵　坤　等译

责任编辑：王子衿　　周北川
责任校对：刘小燕
封面设计：李南江
装帧设计：百虫文化

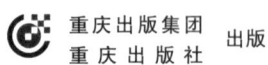

重庆出版集团
重庆出版社　出版

重庆市南岸区南滨路162号1幢　邮编：400061　http://www.cqph.com
重庆亘鑫印务有限公司印刷
重庆出版集团图书发行有限公司发行

开本：889mm×1 194mm　1/32　印张：7.25　字数：150千字
版次：2025年5月第1版　印次：2025年5月第1次印刷
ISBN 978-7-229-19393-5

定价：58.00元

如有印装质量问题，请向本集团图书发行有限公司调换：023-61520417

版权所有　　侵权必究

鹅妈妈　陂本越郎　丁尼生　杰弗里

梅雷莱丝　罗塞蒂　豪斯曼　米尔恩斯

克里斯托弗　与谢野晶　米尔恩

西条八十　西柏　沃杰尔　梅尔　米勒

马尔夏克　狄金森　米斯特拉尔　西格尔

尼斯·李　金子美铃　法杰恩　凡·黑尔　萨福

戴维斯　阿尔盖茨　佐佐木信纲　斯蒂芬斯

尔伽　朗费罗　兹马伊　斯蒂文森　叶赛宁

艾兴多尔夫　普罗科菲耶夫　桑德堡　费特

罗萨　弥尔顿　拜伦　里尔克　密茨凯维奇

雨果　巴尔蒙特　勃洛克　帕斯捷尔纳克

索科洛夫　雷里斯基　休斯　施莱格尔

赫贝尔　叶芝　凯勒　普吕多姆　洛尔迦

道腾代　史蒂文斯　普拉斯　索德格朗

戈尔　马尔丁诺夫　希克梅特　阿赫玛托娃

阿莱克桑德雷　艾吕雅　弗罗斯特

斯麦利亚科夫

打开诗歌大门的钥匙
好诗陪伴你的人生

两把打开诗歌大门的钥匙
——编选手记

北岛东

第一把钥匙：标准与路径

诗的生命/读者

一首好诗应该有两个生命，一个叫永恒，那是它自己的生命；另一个由读者给予和塑造。一个好的读者，阅读时总能用自己的生命激活诗意，让诗的永恒融入自己，完成一次诗的自我塑造。

值得/魅力/价值

或许你会疑问：什么叫值得？真的值得吗？如同《全唐诗》，世界范围的诗人和诗歌，从古至今，堪比海洋。我们大海捞针，选出了近三十个国家，七十余名诗人的一百首诗！无论名声显赫，如狄金森、米斯特拉尔、叶芝……还是默默无闻，如杰弗里、梅尔、佐佐木信纲……只要打动了你,又有强烈的情感,独特的形象和鲜明的画面,便是一首活的诗。

一首有生命的诗,一定富有让你阅读一生的魅力与价值。

目次/一百首/成长

一本书,首先要看的,肯定是目次,一眼扫描下来,就会大致了解书的内容和价值了,还有了自己的态度——喜欢,不喜欢。

《值得孩子阅读一生的诗》(外国卷),第一首,安排了《两只小鸟》,这是孩子眼中的日常生活与大自然;最后一首是《人类的摇篮》,诗人立足日常生活,俯瞰地球,抒写人类开发太空的豪情壮志。从一到一百,蕴含着巨大的审美空间。

一百个目次,一百首诗,铺展一条小道——蹚过幼年的小溪,走进童年的森林,跃上少年的星空——清浅生动,蜿蜒曲折,深沉绚丽;生活与自然,内心与宇宙——获得一种切合成长节律的阅读体验,获得不断的意外与惊喜的

冲击，沉浸在审美的愉悦和启迪中。

如果你是九十九岁的老人，也可以从最后一页回读，读回到第一页，就抵达了童年的路口，发现自己已经变成天真的小孩了。

第二把钥匙：阅读与审美

情感 / 幻想

好诗为什么吸引你，让你欲罢不能？好诗必有好情——诗人真切、强烈的感情。感情强烈了，诗的形象和画面便会独特，诗的想象便自然产生。《我想成为一头鲸》，大海的王者自由自在，大海的蔚蓝深不可测，好奇的孩子有感而发，强烈的情感脱口而出，画面历历在目。大诗人里尔克的《那时我是个小孩》，孩子的白日梦被锁闭在屋子里，便有了追随流浪琴手走遍天下的幻想表达。

生活 / 自然

好诗源于生活。生活与自然总是诗的语言之根、情感与题材之源。生活与自然多么丰富，诗的表达就多么丰富，诗的形象和画面就有多么千姿百态。《值得孩子阅读一生的诗》（外国卷）就是这样一本生活与自然之书。诗人在生活与自然中抒写真情实感，也撩开生活与自然的帷幕，让孩子窥视它的神秘、博大与繁复之美。《我认识一只黑甲虫》《清晨的声音》《夏天来了》，展示了生活的乐趣与声光音色，画面让人陶醉。孩子沐浴时与之嬉戏的黑甲虫，村庄从人类生活的喧闹中醒来，季节在水晶花的芬芳与杜鹃的鸣叫中转瞬即逝，忙碌而美好的生活，画面跃然纸上。《森林》《初霜》则直接为自然造像，把时间融入情境，用版画一般的笔触，雕刻大自然悠久的时间与广袤的空间，诗人热爱大自然的感情，蕴含在鲜明的画面中。

人物/故事

文学是人学。小说散文写人，刻画人物，诗也写人，刻画人物。《盲童》，抒写孩子对光明与色彩的向往，娓娓道来，乐观向上，没有悲戚。《稻草人》也刻画了一个不惧风雪和黑暗，守望岁月和丰收的英雄形象。《玻璃山》把王子与公主的陈旧故事，置放在玻璃山的画面中讲述，有了崭新的意蕴。《疯狂》刻画个性女孩，举手投足，音容笑貌，惟妙惟肖。与小说、散文不一样，诗歌写人，首先是抒情的。诗人们一直用饱满的情绪，把人物内心的感受倾吐出来，虽然表面上读不到故事，看不到人物，却会在你的内心，让故事振聋发聩，人物形象活现眼前。

快乐/忧伤

儿童诗是快乐的文学，也可以是忧伤的文学。忧伤与快乐，都是人类美好的感情。读《怪人乔纳森·乔》，O形嘴的老爷爷，他的招徕和叫卖，装满稀奇古怪小玩意儿的杂货小车，像是孩子的梦幻，让人忍俊不禁。集子里有很多表现快乐情绪的作品，比如《四月的阵雨》《这样的清晨，这样的欢畅》《黑色的鸟喝醉了阳光》等等，把快乐渲染到了极致。而《我扶起一棵树》，诺奖诗人叶芝的《斗篷，小船和鞋子》等，则把忧伤融入诗的画面，让人惆怅，或者泪水盈眶。

快乐的诗，语调轻松欢愉，富有节奏感，这是诗歌传递快乐的语言特点。而忧伤的诗，读起来或者舒缓，或者沉郁、凝重，让雨雾或暮色弥漫心灵。诗人的情绪融于语句中，在感动你，带给你审美感受。

冲突/紧张

《甲虫》只有6行，天地间风暴席卷，沙土飞扬，独自与这个世界抗衡的，竟然只是一只小甲虫，强烈的对比与张力，突显生命的顽强。《水中的天空》，诗人描画午后阳光下孩子漫不经心的戏耍，击碎了水中的太阳，碎片遮天盖地，意外的画面，让人震撼。在《井畔的孩子》中，午后阳光，井上和井底，两个孩子互相呼唤，落下井底的花朵，让危机发生转化，惊心动魄。还有《一个笨蛋的诗》等，也有这样的审美力量。能在一首诗中感受到悬念与紧张，体会到从未有过的诗意冲击，如果还只是在诗的语句上纠结，就显得苍白，毫无意义了。

人类/地球

一百首诗,洋溢着浓厚的生命关怀和人类意识,人与人,人与自然,人与宇宙铺展的一幅幅画面,让你获得心灵的升华。毫无疑问,读完这些诗,一定有"会当凌绝顶,一览众山小"的感觉。《鸟巢里的鸟蛋》写孩子注视幼鸟诞生、飞翔的情境,思考人类命运,画面真切。《地球》这首诗,把视角转换到外星球,遥看地球的露珠青草,大海城阙与和平美好,构思奇特。《和平的真相》则直接表达人类对生存、幸福与和平的向往。《人类的摇篮》,从日常生活画面出发,超越人类视角,展开想象,飞越太空。这些诗,充满激情,会让你视野开阔,心胸变得博大。"读书破万卷,下笔如有神。"让它们的美和力量融入你的血液和细胞,那会发生怎样的奇迹呢?!

近朱者赤,近墨者黑。孩子为什么读诗?该读什么样的诗?怎样读诗,让诗滋养孩子,成为生命的力量?带着这样的问题,为孩子选诗,我希望孩子能够通过阅读这些作品,不思而得,问题迎刃而解。选编过程中,一定精中选精,不断淘汰。告诉你,我自己是被不断感动和震撼了,同时也加深了对好诗的理解,有了又一次诗境的升华。

孩子,和我一起读好诗吧,让好诗陪伴你的人生。

经典诗歌流淌着历久弥新的童话精神
——译者序

舒伟

世界科学刊物《自然（Nature）》杂志的命名来自诗人华兹华斯的诗歌："思想之常新，全凭大自然坚实之根基"，这表明了诗歌与科学的联袂相行。这也正是女诗人梅雷莱丝的诗歌《在无尽的神秘之中》所揭示的现象——在无尽的神秘之中，一个星球平稳运转。在星球上，有一个花园，在花园里，有一个花坛；在花坛里，有一朵紫罗兰，在花上方，是整整一天。在星球与无尽之间，有一只蝴蝶的翅膀。狄金森在诗歌《从我眼前跃上天空》中写道：我小心翼翼给他递块面包屑，他却展开双翼，轻盈地飞回家——胜似双桨在海面划动，碧波中没有一丝波纹凌乱；胜似彩蝶在正午的堤岸翩翩，飞舞时没有一朵浪花飞溅。优秀的诗歌就像蝴蝶轻轻从你眼前掠过，又悄无声息地停驻你的心中，拨动你的心弦，如此神秘瑰丽，给你留下美好的画面难以忘记。

在人生的幼年期，儿童的内心感受和体验缺乏逻辑秩序和理性秩序，因此不宜过早让他们进入复杂的现实，用成人的思维去理解现实世界。要求孩子过早懂事往往是以压制童年的幻想为代价的。这意味着让他们失去幼年期应有的天真烂漫的童心。就此而论，童诗与童话之间存在着密切的内在关联。被称为"蓝花诗人"的德国浪漫派诗人诺瓦利斯这样表述诗歌与童话之间的内在联系：童话故事就是"某种程度上的诗歌经典——所有事物都必须像一个童话故事"，"真正的童话故事作家是未来的预言者，随着时间的流逝，历史终将成为一个童话故事——它将重演自己在初始阶段的历史"。事实上，沉浸于童心世界的诗歌总是洋溢着历久弥新的童话精神，它们致力于揭示和咏怀人生与世界的本真，传递丰富多彩的人生体验，引发不同年龄阶段的儿童与青少年乃至成人读者的情感共鸣，产生道德诗意和美感力量。

世界在阳光下是五彩缤纷的，儿童透过天真的目光打量大自然的各种色彩。请再看罗塞蒂的《什么颜色》——粉色的是玫瑰，它盛开在喷泉周围。红色的是虞美人，它连着大麦的根。蓝色的是天空，它让云朵随意飘动。白色的是天鹅，它在阳光下悠然游着。黄色的是鸭梨，散发着诱人的香气。对于从未见过丰富多彩颜色的"盲童",那又会呈现什么样的视界呢?且看柯莱·西柏的儿童诗"盲童"——哦,你们说的"光明",到底是什么东西?我从来就没有欣赏过。能看见光明是何种幸运啊,请告诉我,一个可怜的盲童!你们谈论亲眼所见的种种奇妙景象,你们说太阳如何灿烂明亮,我只感受到太阳温暖舒畅,可太阳为何能够让人温暖舒畅,又怎样带来白天和晚上?只要我睡觉,这就是晚上,只要我玩耍,这就是白天,决定全在我心上;……虽然我是个可怜的盲童,但只要我放声歌唱,我就是一个国王!这就是一个心中有光明的"盲童"的内心世界。

儿童虽然天真烂漫,无忧无虑,但他们也有敏感和恐惧。他们往往怕黑暗,怕怪物,怕父母把自己抛弃,担忧自己的安危,等等。儿童诗可以给孩子带去力量。试看但尼斯·李的儿童诗《啧啧,真好吃》——一个小女孩,出门玩游戏,一个大妖怪,迎面走过去,嘴里哼着歌,妖里又妖气:"我要吃小孩,啧啧,真好吃!全都吞进肚,只剩牙齿和衣裤……";女孩一听不痛快,停下脚步怼妖怪,跺跺脚,扭扭身,气势汹汹唱起来:"我肚子饿了吃妖怪!吃了妖怪好畅快,打饱嗝,啧啧啧!到点就开干,狼吞虎咽……!妖怪听了撒腿跑……"

值得孩子阅读一生的经典诗歌能够为儿童提供乐观主

义的心理真实性。且看德·拉·梅尔的《稻草人》所呈现的拟人化稻草人——漫长冬日，我始终低着头，伫立在凛冽的雨雪之中；……午夜时分，在令人眼花缭乱的星光下，我身披霜露，辉映彩霞，挺立在麦茬地里，像一副铠甲迎接晨曦。待到春之子领着一群小伙伴，重返这方土地，将他们携带的花蕾和雨露，抛洒在我的故土。即便衣衫褴褛，心中也迸发阵阵狂喜；我抬起空灵飘渺的眼睛观察天空，监视乌鸦的行踪，……我知道，在曾经覆盖积雪的土地上，麦苗会噌噌地蹿得很高很高，不久后我将放眼巡视，那片受阳光惠顾的滚滚麦浪，用我的守望，确保又一个丰年的麦粒金黄。

  对于少年儿童，培育道德和审美基础的有效方式是诉诸美好的情感，这正是适宜儿童阅读一生的世界经典诗歌的艺术功能。

目录

两把打开诗歌大门的钥匙

　　——编选手记　邱易东　001

经典诗歌流淌着历久弥新的童话精神

　　——译者序　舒伟　001

两只小鸟　〔英国〕鹅妈妈　001

男孩　〔英国〕鹅妈妈　003

六只小老鼠　〔英国〕鹅妈妈　005

鸟宝宝,想要飞　〔英国〕丁尼生　007

我想成为一头鲸　〔英国〕杰弗里　009

在无尽的神秘之中　〔巴西〕梅雷莱丝　011

蓝色小男孩　〔巴西〕梅雷莱丝　013

小白马　〔巴西〕梅雷莱丝　015

看，小牧羊人　〔巴西〕梅雷莱丝　017

或者这样或者那样　〔巴西〕梅雷莱丝　019

白色花蕾　〔日本〕陂本越郎　021

什么颜色　〔英国〕罗塞蒂　023

春天的歌　〔英国〕豪伊特　026

晚安，早安　〔英国〕米尔恩斯　028

我认识一只黑甲虫　〔美国〕莫利　030

鼠　〔日本〕与谢野晶子　032

怪人乔纳森·乔　〔英国〕米尔恩　034

跟我来　〔英国〕米尔恩　036

春天的早晨　〔英国〕米尔恩　038

玻璃山　〔日本〕西条八十　040

岛上的一天　〔日本〕西条八十　042

盲童　〔英国〕西柏　045

不要害怕　〔巴勒斯坦〕沃杰尔　047

稻草人　〔英国〕梅尔　048

蓝鸟的歌谣　〔美国〕米勒　050

院落荒凉……　〔苏联〕马尔夏克　052

冬季　〔苏联〕马尔夏克　054

巨人 〔苏联〕马尔夏克 055

我想知道，这都是谁家的小床 〔美国〕狄金森 058

太阳如何冉冉升起 〔美国〕狄金森 060

小鸟飞落在小径 〔美国〕狄金森 062

五彩缤纷的花朵 〔美国〕西格尔 064

啧啧，真好吃 〔加拿大〕但尼斯·李 066

白百合岛 〔日本〕金子美铃 068

邻居的杏树 〔日本〕金子美铃 071

雪 〔日本〕金子美铃 073

我们在哪里围成圈？ 〔智利〕米斯特拉尔 075

雏菊 〔智利〕米斯特拉尔 077

孤独的婴儿 〔智利〕米斯特拉尔 079

三棵树 〔智利〕米斯特拉尔 081

清晨的声音 〔英国〕法杰恩 083

地球 〔英国〕法杰恩 085

甲虫 〔荷兰〕凡·黑尔 088

黎明与晚星 〔古希腊〕萨福 089

天空的云彩 〔英国〕戴维斯 091

镰刀 〔罗马尼亚〕阿尔盖茨 093

夏天来了 〔日本〕佐佐木信纲 095

黑夜的潜行　〔爱尔兰〕斯蒂芬斯　097

四月的阵雨　〔爱尔兰〕斯蒂芬斯　099

黎明时分，鸟儿在树上歌唱　〔爱尔兰〕斯蒂芬斯　101

哑童　〔西班牙〕洛尔迦　103

三月的果园　〔西班牙〕洛尔迦　105

孩子们　〔美国〕朗费罗　107

圣诞节的盼望　〔南斯拉夫〕兹马伊　109

鸟巢里的鸟蛋　〔英国〕斯蒂文森　111

初雪　〔俄国〕叶赛宁　114

在农舍　〔俄国〕叶赛宁　116

无题　〔俄国〕叶赛宁　118

清晨　〔德国〕艾兴多尔夫　120

快乐的旅行　〔德国〕艾兴多尔夫　122

我扶起一棵树　〔苏联〕普罗科菲耶夫　124

季节流转　〔美国〕桑德堡　126

昆虫的小家　〔美国〕桑德堡　128

致安徒生　〔美国〕桑德堡　130

这样的清晨，这样的欢畅　〔俄国〕阿法纳西耶维奇　132

水中的天空　〔德国〕卡罗萨　134

五月的晨曲　〔英国〕弥尔顿　136

天地间的漂泊者　〔英国〕拜伦　138

敲钟　〔西班牙〕毕加索　140

那时我是个小孩　〔奥地利〕里尔克　142

疯狂　〔奥地利〕里尔克　144

奖赏　〔奥地利〕里尔克　146

阿克曼草原　〔波兰〕密茨凯维奇　148

当水手们……　〔法国〕雨果　150

梦中捕捉远去的影子……　〔苏联〕巴尔蒙特　152

北方的传说　〔苏联〕勃洛克　154

去采蘑菇　〔俄国〕帕斯捷尔纳克　156

初霜　〔苏联〕索科洛夫　158

雷雨将至　〔苏联〕雷里斯基　160

苏珊姑妈讲故事　〔美国〕休斯　163

森林　〔德国〕施莱格尔　166

井畔的孩子　〔德国〕黑贝尔　169

斗篷，小船和鞋子　〔爱尔兰〕叶芝　171

一个笨蛋的诗　〔爱尔兰〕叶芝　173

早晨　〔德国〕凯勒　175

雨　〔法国〕普吕多姆　177

黑色的鸟喝醉了阳光　〔德国〕道腾代　179

在礼拜天犁地耕耘　〔美国〕史蒂文斯　181

去捉拿可爱的小乳鸽　〔美国〕普拉斯　183

夕阳下的风景　〔芬兰〕索德格朗　185

未来的列车　〔芬兰〕索德格朗　187

风暴　〔印度〕泰戈尔　189

第七感　〔苏联〕马尔丁诺夫　191

七岁的女孩　〔土耳其〕希克梅特　193

白房子　〔苏联〕阿赫玛托娃　195

毕加索　〔西班牙〕梅洛　197

和平的真相　〔法国〕艾吕雅　199

深秋漫步　〔美国〕弗罗斯特　201

我们对这个星球的把控　〔美国〕弗罗斯特　203

人类的摇篮　〔苏联〕斯麦利亚科夫　205

后记：努力为孩子寻觅好诗　邱易东　207

两只小鸟

〔英国〕鹅妈妈 ◆ 舒伟 译

一块石头上，
停着两只鸟。
它们张开嘴，
叽叽啁啾在鸣唱。
一只鸟儿飞走了
还剩一只鸟，
它叽叽啁啾在鸣唱；
剩下这只鸟，
展翅飞走了。
这块石头上，
实在空荡荡。
叽叽啁啾余音在，
这块石头好惆怅，
叽叽啁啾何时再鸣唱。

两只小鸟与石头生动活泼，画面中形象与形象的联系与变化，让这首简单的古老歌谣，成为有了隐喻意味的现代诗。

● **鹅妈妈**：世界最早的童谣集出现在17世纪的英国，人们认为作者是“鹅妈妈”，因此这些童谣被称为《鹅妈妈童谣》。

侯家智卉 绘

◆ **男孩**

● 〔英国〕鹅妈妈 ◆ 舒伟 译

蓝衣小男孩，
快快吹响你的喇叭，
绵羊还在草坪里，
公牛闯进了玉米地。
照看羊儿的小男孩，
你怎么还不出来？
他就躺在草堆下面，
一看睡得正香甜。
你会把他叫醒吗？
哦，不，我可不叫他！
如果这就叫醒他
他一定会哭得满脸泪花。

这首童谣把一幅欢快、恬静的放牧图，用诉说的方式，色彩浓郁地描绘出来，阳光、田野、满地牛羊、草堆下安睡的男孩，有声有色。

张倬瑞 绘

六只小老鼠

（英国）鹅妈妈
舒伟 译

洞中六只小老鼠，
忙忙碌碌在织布；
一只猫咪溜过来，
悄无声息往里瞅。
"亲爱的小伙伴，
啥活忙着干？"
"为了老爷们，
编织外套有衣穿。"
"让我进来帮把手，
就在一旁剪线头？"
"不啦，不啦，猫太太，
你会咬掉我们的头。"
"哦，不会，不会，
请放心，我只帮忙搭把手。"
"也许你真的这么想，
但请你还是别进来！"

猫和老鼠是童话中的重要角色。《六只小老鼠》是诗，同时也是故事。作为诗，我们读到故事的紧张；作为故事，我们感受到猫和老鼠的交锋和冲突，表现出不露声色的张力。诗人以白描的语句，却带给我们冲击力。

鲜嘉棋 绘

鸟宝宝,想要飞

〔英国〕丁尼生 ◆ 舒伟 译

天将破晓,说话的是鸟窝里的鸟宝宝,
"我要飞,"鸟宝宝说道,
"妈妈,让我飞出去吧。"
"小宝贝,躺在窝里再休息一会吧,
让小小的翅膀变得更加强壮。"
鸟宝宝多待了一会儿,
就飞出了鸟窝。

天将破晓,说话的是床上的小宝宝,
她说道,就像那鸟窝里的鸟宝宝:
"我要起床了,我要飞出去。"
"乖宝宝,躺在床上再睡一会吧,
让小手小脚变得更加强壮。"
如果小宝宝多睡一会儿,
她也会飞出去。

这首诗像摇篮曲,诗人对睡梦中的宝宝说话,编织童话,以比拟的方式,由小鸟的飞翔到孩子的成长,把自然的画面和生活的画面融为一体。以形象的方式激励孩子上进,追求理想。

● **阿尔弗雷德·丁尼生**(1809—1892):英国诗人,维多利亚时代最受欢迎及最具特色的诗人,主要作品有《夏洛蒂小姐》《尤利西斯》《悼念》等。

李宁瑞 绘

我想成为一头鲸

〔英国〕杰弗里 ◆ 罗小岚 译

我很想很想成为一头鲸,
每天在海里尽情玩!
要做就做最长的,
眼睛像海水有点儿蓝。

我自由自在浪里游,
沉到最深的海底看一看。
海水时刻都在冲洗我,
从此,我就不用再洗澡!

一张口把海水吞下肚,
再朝天空高高喷出来,
有人在岸上看呆了:
"哇,鲸的喷泉,多壮观!"

<u>诗人从孩子的视角出发,诉说孩子的奇思妙想——想做一头鲸!抒情的笔触深入情境,刻画鲸的形象。"海水时刻都在冲洗我,从此,我就不用再洗澡",表现儿童诗的情趣。结尾的视角转换,直接呈现眼中所见,带给人震撼。</u>

● **杰弗里**:全名及生卒年不详。英国诗人。

赵梓芊 绘

在无尽的神秘之中

〔巴西〕梅雷莱丝 ◆ 沈璐 译

在无尽的神秘之中,
有一个星球平稳运转。

在星球上,有一个花园,
在花园里,有一个花坛;
在花坛里,有一朵紫罗兰,
在花上方,是整整一天。

在星球与无尽之间,
有一只蝴蝶的翅膀。

<u>面对一只蝴蝶,诗人内心若有所动,有感而发,联想到整个宇宙的和谐与神秘。于是,一只蝴蝶的画面,就从宇宙、星空开始,由宏大到微小,由空间到时间,让我们受到一种迷人的哲思洗礼。</u>

● **塞西莉亚·梅雷莱丝(1901—1964)**:巴西女诗人、散文家,主要著作有《无边的海洋》《或者这样或者那样》等诗集和散文集。获得过巴西文学院诗歌奖,被公认为巴西现代文学史上杰出好诗人之一。

朱雨沫 绘

蓝色小男孩

(巴西) 梅雷莱丝

沈璐 译

男孩想要一头小毛驴,
想去游山玩水。
一头温顺的小毛驴,
它不跑不跳,
但懂得交流。

男孩想要一头小毛驴,
它能娓娓道出
河流的名字,
山川的名字,花儿的名字,
——世间万物的名字。

男孩想要一头小毛驴,
它会编织美丽的故事,
里面有人物和小动物,
还有大海里的小船儿。

他们一起环游世界,
就像在一个大花园,
只是再宽一些,
也许再长一些,
无边无际。

（如果有人认识这样一头小毛驴，
请写一封信，
寄到千家街，
万户号，
寄给不识字的蓝色小男孩。）

严悠扬 绘

这是一个小孩子的白日梦——骑着温顺的毛驴，周游世界。那毛驴还和孩子一样，会说话，会编故事，会玩，会吃，与孩子亲密无间。诗人夸张地模拟孩子的语气，诉说着孩子内心的愿望。

小白马

(巴西)梅雷莱丝 ◆ 沈璐 译

傍晚,一匹小白马
疲惫不堪:
但有一片小乡村,
那里永远都是假期。
小白马摇动着鬃毛,
金光熠熠,随风飘扬,
在绿色的草丛中挥洒
它白色的生命。
它的嘶鸣动摇了草根,
它传达给风儿
自由奔跑的喜悦。
它工作了一整天,如此辛苦!
从天亮开始!
小白马在花丛中休息,
枕着金色的鬃毛!

> 诗人描绘暮色苍茫中的荒原画面,农场的小白马成为画面中突出的视角中心。诗人刻画小白马的生动形象和奔跑的潇洒身姿,画面有声有色,把成长的主题,渲染得绚丽辉煌。

徐家冉 绘

看，小牧羊人

〔巴西〕梅雷莱丝　沈璐 译

看，小牧羊人！
他比羊群小那么多，
腼腆而专注地眺望着
草原上的暮色，
他抱着小羊羔，
犹如抱着和自己一样大的兄弟。

他的双眸，在寂静中，
不仅是牧羊人的 —— 也是圣人的。

蓝绿色的地平线，
逐渐变成紫红色，
云朵纷纷散去，
一颗星星到来
——它将带走
那个引导羊群的男孩。

覆盖原野的羊群和牧羊的孩子、落日构成的画面，宣泄牧羊孩子对未来的梦想和憧憬。自然肃穆、黄昏神圣与庄严，都是因为劳动和牧歌的飞扬。

丁心仪　绘

或者这样或者那样

◆ (巴西) 梅雷莱丝　◆ 沈璐 译

或者有雨露而没有阳光，
或者有阳光而没有雨露！

或者戴上手套但不能戴上戒指，
或者戴上戒指但不能戴上手套！

飞到空中的人不会留在地面，
留在地面的人不会飞到空中。

遗憾没有办法
同时身处两地！

或者我存下钱不买糖果，
或者我买糖果把钱花去。

或者这样或者那样：或者这个或者那个……
我整日都在纠结地做选择！

我不知道该玩耍，还是学习，
该尽情奔跑，还是保持安静。
但我仍然无法理解
哪个更好：这样好，还是那样好。

杨乐然 绘

诗人在这里诉说的是一个孩子热爱生活的心态。生活是一个万花筒，五颜六色，斑斓多彩，但是在很多时候，对美好事物的选择，鱼与熊掌不能兼得。这首诗表现孩子的心态，意味无穷，给人启迪。

白色花蕾

〔日本〕陂本越郎 ◆ 史瑞雪 译

热牛奶般的
春日早上，
天使来果园做早操。
拨开树芽，
在神圣圆屋顶的玻璃下，
你枕着白色的枕头，
依然睡得香甜。

早晨，雾气蒸腾。阳光闪烁，像小天使在枝头玩耍。而我们人间的小天使——小孩子还在被窝里睡觉呢。简洁的诗句，梦幻的感觉，是一个孩子的梦，还是他睡眼惺忪见到了这一切？

● **陂本越郎**（1906—1969）：日本诗人，著有《云之衣裳》《暮春诗集》《夜的构图》等多种诗集。

黄淇　绘

什么颜色

〔英国〕罗塞蒂
赵坤 译

什么是粉色?
粉色的是玫瑰,
它盛开在喷泉周围。

什么是红色?
红色的是虞美人,
它连着大麦的根。

什么是蓝色?
蓝色的是天空,
它让云朵随意飘动。

什么是白色?
白色的是天鹅,
它在阳光下悠然游着。

什么是黄色?
黄色的是鸭梨,
散发着诱人的香气。

什么是绿色？
绿色的是草地，
小花儿开在它的怀里。

什么是紫色？
紫色的是云彩，
从夏日的霞光里散发出来。

什么是橙色？
哈哈，橙色的是橙子，
就是橙子！

<u>以诗的方式让孩子认知色彩，把生活中的花朵、天空、水果等日常事物，简洁明快地呈现出来，看似没有更深的内涵，读起来却亲切自然，激发孩子产生对世界的好奇和探索。</u>

● **克里斯蒂娜·罗塞蒂**（1830—1894）：英国维多利亚时代的著名女诗人，擅长写幻想小说、儿童诗，出版有《妖怪集市及其他诗》《王子的历程及其他诗》等。

陈禹竹 绘

春天的歌

〔英国〕豪伊特 舒伟 译

快看,小河岸边杨柳风中摇,
鹅黄的芽嘴儿随风飘荡;
枯黄的杂草丛中,
迎春花开得黄灿灿。

暖烘烘的阳光照草坪,
紫罗兰绽开,星星点点,
两只小羊一边打架,一边咩咩叫,
乌鸦在树上呱呱看热闹。

榆树林变成鸟的天堂,
鸟在树上喧闹,鸟也在空中飞翔,
青青菜地飞出一只白蝴蝶,
在阳光中翩翩起舞。

<u>诗人从孩子的视角出发,描绘春天的情景,把笔触落在杨柳、迎春花、紫罗兰、打架的小羊、树枝上呱呱叫的乌鸦等富有春天特色的形象上,组合成新鲜扑面的春天画面。最后飞出的白蝴蝶,起到了画龙点睛的作用。</u>

● **玛丽·豪伊特(1799—1888)**:英国诗人,出版有系列戏剧诗《七种诱惑》,译有《安徒生童话》等。

李俊成　绘

晚安，早安

（英国）米尔恩斯 ◆ 舒伟 译

一棵大树下，坐着美丽的小姑娘。
她缝缝补补不停歇，一直忙到天黑；
她把衣服理好叠起来，口中说道：
"衣服补好了，晚安，睡个好觉！"
一群乌鸦从姑娘头顶掠过，
发出"呱呱"的叫声飞回了鸦巢。
她瞧着这奇怪的队列，口中说道：
"晚安，黑黝黝的小东西，睡个好觉！"
马儿仰头萧萧鸣，牛儿甩尾哞哞叫，
羊儿从路边走来，发出"咩咩"的歌吟；
它们露出安详与欢快的神态，仿佛在说：
"晚安，可爱的小姑娘，睡个好觉！"
小姑娘没有对太阳说："晚安！"
尽管太阳像个明亮的金球挂在天边，
她知道太阳要遵守造物主安排的时间，
从空中巡游世界，永远不能停歇。
高大粉红的毛地黄垂下了头；
紫罗兰弯腰一鞠躬，道了晚安就安歇；
小姑娘露西把秀发扎好，
跪在地上诵读心爱的晚祷。
她头靠枕头轻轻躺下，不知不觉进入梦乡，
一觉醒来正好天光大亮；
对着灿烂的太阳，女孩连声问好：
"早安，早安！又是忙碌的一天！"

杨蕊瑞　绘

<u>勤劳的金发女孩把"晚安"和"早安"等日常问候，变成了生动、鲜明的生活画面，把对生活的热爱和憧憬蕴含其中，引起我们共鸣，激发我们热爱生活的感情。</u>

● 理查德·蒙克顿·米尔恩斯（1809—1885）：英国诗人、政治家，1844年出版诗集《棕榈叶》。

我认识一只黑甲虫

〔美国〕莫利

舒伟 译

我认识一只黑甲虫，水管下面把家安，
尽管模样不好看，待人真的很友善。
每当我过来洗浴，就从下面爬上来，
和我一块洗，又洗又擦，忙起来。

妈妈常笑我，为何与甲虫同洗澡，
他邋遢又搞笑？小甲虫每晚都要来洗澡，
绝对干净，我敢打包票，
这样的好伙伴，你到哪里去找！

一听到浴缸的水龙头哗哗响，
他就急匆匆地爬上排水管，
做好准备来擦洗；他如此痴迷不放弃，
总在浴缸里一边漂游，一边等我来洗浴。

保姆做事太卑鄙，她见小甲虫爬上去，
等着戏水又嬉戏，她就使坏放热水，
当场烫伤小甲虫……
从此，他再也不来找我共戏水。

李书萱 绘

除了孩子，谁会发现浴室里有这样的小生灵，还和他一起洗澡、成为好朋友，最后因为保姆招它烫痛而不再出来？《我认识一只黑甲虫》以孩子诉说的口吻，天真无邪，表达对一只小甲虫的真实情感，写得生动有趣。

● 克里斯托弗·莫利（1890—1957）：美国小说家、散文家和诗人，著有《车轮上的诗坛》《闹鬼的书店》等多部著作。

鼠

〔日本〕与谢野晶子　◆　史瑞雪　译

老鼠在我的房顶安了家，
那咯吱咯吱的声音，
宛若挥着凿子雕像之人
彻夜不眠。

与其妻子共舞时，
那转圈的动静，
尽显赛马之势。

在我的书稿上，
那屋顶的灰尘
簌簌落着，
可它们怎会知道？

不过，我想，
我正跟它们住在一起呀，
给它们吃的以及温暖的窝，
还让它们在房顶打个洞
时不时窥视我。

诗人凭自己隔着天花板的"听",刻画出老鼠的生活画面,历历在目。诗人最后表达自己的愿望,起到画龙点睛的作用,让诗意更显有趣。

● 与谢野晶子(1878—1942):日本女诗人,出版了《乱发》《春泥集》《从夏到秋》等诗集。

033

怪人乔纳森·乔

〔英国〕米尔恩 ◆ 舒伟 译

这是乔纳森·乔,
一张嘴巴像个O。
他有一辆手推车,
装的是啥稀奇古怪太难猜测。

你想要一根棒球棍吗,
或者诸如此类,如此这般,
要啥有啥,无论大小都能办。
若是你想要一个皮球,
那好,立马就到手。

妙不妙,你想要的东西越多,
他越快活。无论是铁环、陀螺,
还是永不停歇的手表,无论是各种糖果,
还是一只苏格兰小猎犬,想要什么都能办妥。

这位乔纳森·乔,一张嘴巴像个O,
他如此快活还好玩:
只要你对他露出笑颜,
那么,他就不要你掏一分钱!

陈思宇　绘

诗人抓住人物特点，把一幅幅生活画面呈现在我们眼前，让人感受到善意，浮想联翩。诗人似乎只是在诉说感受，却清晰地让读者看到生动的画面。

● 艾伦·亚历山大·米尔恩（1882—1956）：英国作家，出版有《小熊温尼·菩》《当我们还很小的时候》等多部儿童文学作品。

跟我来

〔英国〕米尔恩

赵坤 译

太阳照在河上,太阳照在山上,
站着别动,就能听到海浪。
我看到圆形农场新来八只小狗狗,
还看到只有一条手臂的老水手。

大家都说:"走开,走开,快走开!"
所有人都在说:"走开!忙得太厉害!"
人人都说:"走开,我的小可爱!"
如果我是一个小可爱,他们为什么都不跟我来?

风儿吹过河面,风儿吹过小山,
一个黑色水车藏在磨坊里面。
我看到一只苍蝇被水淹,
还知道兔子洞在哪边。

大家都说:"走开,走开,快走开!"
所有人看都不看我地说:"是的,小乖乖。"
人人都说:"走开,我的小乖乖!"
如果我是一个小乖乖,他们为什么都不跟我来?

李玲珑　绘

微风吹拂河面、缓缓旋转的水车，飞旋的蜜蜂、哧溜钻进洞里的兔子……大自然生动的画面，借用诗中的老水手和八只小狗，就这么轻盈地刻画出来了。当我们深入这样的情境，自然获得了审美感受。

春天的早晨

〔英国〕米尔恩 ◆ 赵坤 译

今天想到哪里去?我不告诉你,
溪边的小草长高了,我想去溪边。
山谷风吹松林响,我要去山冈。
可我出门只是玩,去到哪里都一样……

今天想到哪里去?我看天空白云朵,
慢慢悠悠飘呀飘,好像白帆在远航。
我要去到草坪上,跟着我的影子跑,
踩着树影一排排,去追天上白云彩。

今天想到哪里去?树上的乌鸦聒聒叫:
"飞在天空往下看,大地上趣事真不少!"
今天我想到哪里去?树林里斑鸠咕咕叫:
"躲在树林里放声唱,这个世界真美妙……"

假如我是一只小鸟,就栖息在树枝头,
一阵风吹来,我就乘风去飞翔。
让风带我到远方,我会对风说:"谢谢
——这就是今天我最想去的好地方。"

程璟霖 绘

"今天想到哪里去？我不告诉你……"这是一个孩子清晨的喃喃自语。他在胡思乱想，幻想着投入大自然的怀抱玩耍。诗人把孩子头脑里漂浮的幻想画面，做了真切的描写和刻画，溪边、山冈、天空、树林，以及自然万物，情景交融。

玻璃山

（日本）西条八十　◆　史瑞雪 译

玻璃山的山顶，
有座黄金城。
城中的塔里，
有位被囚的公主。
王子要救公主，
绕着山巡来巡去。
玻璃山光滑难行，
连马蹄也频频打滑。
滑下来、攀上去，反反复复十九年，
斑斑锈迹早已爬满了王子的剑。
公主在漫长的等待中，
离开了人世。
王子也日渐衰老，
死在了山脚的村庄。
城堡中公主的尸骸，
化成了嫣红的玫瑰花。
埋有王子的山脚，
开出了蓝色的龙胆花。

汪宇衡 绘

《玻璃山》读起来简单、轻松，却讲了一个沉重的故事。诗人用一座"玻璃山"造成故事中人物的冲突，寥寥几笔，就把漫长的时间蕴含在简单的故事里，公主、王子、锈迹斑斑的宝剑、玫瑰和龙胆花，便有了丰富的内蕴。

● 西条八十（1892—1970）：日本作家，一生创作了儿童诗700余首，为大正时期的童谣代表诗人。

041

岛上的一天

（日本）西条八十 ◆ 史瑞雪 译

扛好，扛好喽！
海盗们
在海上偷来的大包裹。

好沉，好沉呀！
切莫跌倒，登上那
无人知晓的椰树岛。

天明啦，天明啦！
到处是金币的山上，
连石头沙地也是夕阳的颜色。

畅饮，高歌吧！
盛大的酒宴上？
留胡子的男人一齐手舞足蹈。

醒了，醒来了！
水滨山崖下的
鳄鱼老爹做完了午睡的梦。

在那儿，出现了，
盛大的酒宴上，
硕大的脑袋突然伸进去。

快逃，快逃啊！
吓破胆了，
人呀包呀扑通掉进海里。

升起，升起吧！
无人岛的
椰树荫下今夜月色依旧。

《岛上的一天》像一出舞台剧，场景鲜明，诗人着力宣泄海盗的快乐，饮酒狂欢，既有神秘色彩，也制造了悬念。最后，诗人让喧闹的画面变得安静，神秘感弥散开来，让人充满遐思。

王曦曼 绘

盲童

（英国）西柏
舒伟 译

哦，你们说的"光明"，到底是什么东西？
我从来就没有欣赏过。
能看见光明是何种幸运啊，
请告诉我，一个可怜的盲童！
你们谈论亲眼所见种种奇妙景象，
你们说太阳如何灿烂明亮，
我只感受到太阳温暖舒畅，
可太阳为何能够让人温暖舒畅，
又怎样带来白天和晚上？
只要我睡觉，这就是晚上，
只要我玩耍，这就是白天，
决定全在我心上；
假如我能够一直醒着不睡觉，
那么白天就会没完没了。
我时常听到那沉重的叹息，
你们总在哀叹我的不幸；
但我有足够的坚韧去承受，
我从来就不曾理解的缺憾，
那么就不要用我无法拥有的东西，
来破坏我内心的欢快。
虽然我是个可怜的盲童，
但只要我放声歌唱，我就是一个国王。

杨蕊瑞 绘

一个盲孩子在平静诉说。说他对阳光和色彩的感受，说他对白天和夜晚的区分，说人们对他施以的同情……却在最后宣告："只要我放声歌唱，我就是一个国王……"多么豁达的情怀！

● 柯莱·西柏（1671—1757）：英国诗人，1730年，他获得英国王室"桂冠诗人"称号。

不要害怕

（巴勒斯坦） 沃杰尔 ◆ 杨露 译

不要害怕，我的孩子，
只是两只老鼠
从桌子跳到椅子上，
他们比你小太多了，
没法吞掉你的。

不要害怕，我的孩子，
只是雨的手指，
滴答滴答
敲击在窗户上，
窗户是打不开的。

好好藏在我怀里吧，
我是你的妈妈。
黑黑的夜笼罩着，
没有人会发现我们的。

<u>月黑风高的夜晚，屋子里老鼠发出的声音和窗外的风雨之声，加上母亲和孩子的对话，使我们看到了屋子里母子相依的动人情境，充满温暖的诗意。</u>

● 戴维·沃杰尔（1891—1944）：巴勒斯坦诗人、小说家，代表作有《在疗养院》《面向大海》《走向沉默》等。

稻草人

（英国）梅尔 ◆ 舒伟 译

漫长冬日，我始终低着头，
伫立在凛冽的雨雪之中；
北风卷着冰雪挟裹住我的身体，
随即又吹散雪粒，还我原来的模样；
午夜时分，在令人眼花缭乱的星光下，
我身披霜露，辉映霞彩，挺立在麦茬地里，
像一副铠甲迎接晨曦。

待到春之子领着一群小伙伴，
重返这方土地，将他们携带的花蕾和雨露，
抛洒在我的故土。即便衣衫褴褛，
心中也迸发阵阵狂喜；
我抬起空灵缥缈的眼睛观察天空，
监视乌鸦的行踪，
它们是我那古怪主人的贪婪仇敌。

我看见主人赶着犁地的把式大步前移，
我知道，在曾经覆盖积雪的土地上，
麦苗会噌噌地蹿得很高很高，
不久后我将放眼巡视，
那片受阳光惠顾的滚滚麦浪，
用我的守望，确保
又一个丰年的麦粒金黄。

杨蕊瑞 绘

《稻草人》编织童话,讲述稻草人的故事,塑造了一个孤独、坚强的人物形象——在荒野和寒风的夜晚,他独自面对茫茫的宇宙,内心充满对春天和收获的向往。在从阴郁变得明亮的田园画卷中,一位坚守内心,朴实无华的英雄,跃然纸上。

● 沃尔特·德·拉·梅尔(1873—1956):英国诗人、小说家,出版有《诗集》《取火凸镜》等长诗。

蓝鸟的歌谣

〔美国〕米勒

舒伟 译

我聆听着那只蓝鸟的鸣唱,
他在外面的苹果树上,轻盈跳荡。
勇敢的小鸟啊,哪怕天色晦暗,
也毫不在意,因为他感到愉悦欢畅。

听啊!从他歌喉发出的和音!
听啊!世上竟有如此欢快的曲调!
他在苹果树上,晃动跳跃,
驻足聆听,你就听懂了他鸣唱的歌谣。

"亲爱的小花朵啊,你们身上有冰雪覆盖,
我知道啊,你们祈盼着冬雪消融;
听啊,我为你们唱一曲欢歌开怀,
春天已来临,夏天也匆匆赶来!"

"晶莹的雪莲花啊!昂起你的胸襟;
金黄的红番花啊!睁开你的眼睛;
艳丽的紫罗兰啊,别怕凛冽寒风,
披上你那争奇斗艳的披风;
黄水仙啊黄水仙!你可曾听见——
春天已来临,夏天正迈步向前!"

李羽轩 绘

诗人们都爱写春天,都想写出自己眼中独特诱人的春天景色。《蓝鸟的歌谣》只用一只蓝鸟,就把春天的蓬勃朝气和声光音色传递给我们了,让我们获得了丰富的感受。这首诗对于孩子,还有认知春天的审美作用。

● 艾米丽·亨廷顿·米勒(1833—1913):美国诗人、作家。

院落荒凉……

〔苏联〕马尔夏克

涂明求 译

院落荒芜，坑洼不平，
杂草四处横生。
院子里健步走过
我那下班回家的父亲。

我躺在破旧的摇篮里，
半梦半醒。
感觉到父亲轻抚我头发的大手，
热气腾腾。

太阳落山。满天绯红。
工厂里烟雾迷蒙。而对于
摇篮里小小的我来说，
再没有比这晚霞更美的风景。

◆ 诗人从一个孩子的视角出发，把黄昏破败的院落、摇曳的杂树、破旧的摇篮这样一些"会说话"的具体形象组合在画面中，让人置身杂乱、残破、穷困的生活环境；亲情的温暖与劳动生活的辛劳，形成强烈的对比。

● 萨·马尔夏克（1887—1964）：苏联诗人、儿童文学作家，主要著作有《小房子》等多部。他的儿童诗曾获列宁文学奖、斯大林文学奖。

王伊露 绘

冬季

冰冷的森林在蔚蓝之中喧闹，
用树枝拂拭蓝天。
似乎，并非风暴唤醒了森林，
而是盛怒的森林把风暴摇醒。

〔苏联〕马尔夏克 ◆ 赵心竹 译

叶成锦 绘

诗人并不是简单地把风暴中的森林比喻成海浪，而是深入刻画"海浪"的形象，营造风暴中树梢猛烈摇晃的无边画面，让天空变成海洋，让森林变得狂怒，让海浪汹涌，彰显自然的巨大威力："似乎，并非风暴唤醒了树林，而是盛怒的森林把风暴摇醒"。

巨人

〔苏联〕马尔夏克 ◆ 涂明求 译

一，二，三，四。
现在听我讲故事：
门牌号一百一十三，
有个巨人居住在此。

他在桌上叠高塔，
五分钟内建座城。
忠诚的马儿和大象
乖乖趴伏于他桌下。

他从衣柜里掏出
一只腿儿长长的长颈鹿，
又从抽屉里牵出
一头耳朵尖尖的小驴。

他力大无穷，
用一根细绳子
就能拽着一辆车，
从屋檐下飞奔到大门口。

春天里雪融冰化,
地上到处是明晃晃的水洼,
巨人当了海军,
成了史上最年轻的上士。

他上身穿件海魂衫,
上面印有铁锚的图案,
他率领巡洋舰和驱逐舰,
穿越整个大海。

一艘又一艘轮船
在他指挥下下了海。
每一年都在长高长大,
这个可爱的巨人!

《巨人》,写小孩一边玩积木,一边挥洒想象力,描绘自己心中的梦想:把高塔立在桌面上,一转眼,可以造出一座城。大象温顺、骏马也听话,都在桌子底下乖乖等指令……平平常常的孩子生活场景,就这样变成不平常的诗情画意。

樊书畅 绘

我想知道,这都是谁家的小床

〔美国〕狄金森 ◆ 舒伟 译

我想知道,这些放在山谷里的,
都是谁家的小床?是谁摇摇头,
是谁露笑容——但谁也不说话。
也许是没有谁听见我的问话,
那么我就再问一下——
田野里安放了那么多小床——
那些可爱的小床,都是谁家的?
这是雏菊啊,躺在最短的花床里——
紧挨着——最靠近门的——
也是最先被唤醒的——是小小的蒲公英。
这是鸢尾,先生,这是紫菀——
这是银莲花和铃兰花——
红毯下面是毛地黄,这是圆润丰满的水仙花。

看啊,在众多的鲜花摇篮旁
她步履匆匆来回奔忙——把哄孩子入睡的
古老迷人的摇篮曲哼唱。
嘘!鼠毛菊醒了!番红花眨起了眼睛——
杜鹃花的面容变得一片绯红
她正梦见那片森林!
然后,她仪态优雅转身离去——
嘴里说:时辰已到,上床睡觉,
当四月的林间嫣红姹紫,蜜蜂们将把她们唤起。

朱锦瑜　绘

诗人用敏感、细微的感受面对自然，所以她的生活都成了诗。在这首诗里，早春草坪繁星般的花朵，在自己的眼床上睡眼惺忪，让人眼花缭乱。诗人却把即将发生的树林红遍、蜜蜂飞舞的情境，留给读者想象。

● **艾米莉·狄金森**（1830—1886）：美国杰出女诗人，生前只发表了 8 首诗歌，去世后有诗全集出版，成为美国现代诗先驱之一。

太阳如何冉冉升起

（美国）狄金森 ♦ 舒伟 译

我告诉你，太阳如何冉冉升起——
一会便抛出一条丝带——
教堂的尖塔，飘浮在紫水晶中——
日出的消息，像松鼠四散，奔走相告——
群峰解开了头顶的软帽——
画眉鸟开始鸣唱，我悄然自语——
"那一定是朝阳拔地东起！"

到夕阳如何西下，我却不甚明了——
仿佛有一条紫霭色的阶梯，
身穿金黄外衣的男孩和女孩
在阶梯上攀爬不息——
一直攀爬到对面的天际。
一位披着灰袍的老人——
轻柔地拉上暮色的栅栏——
领着孩子们拾阶远去——

诗人描写太阳的运行，建筑、山峦、鸟儿……一切因为有了太阳，充满勃勃生机。诗人描绘太阳下山，升华了诗意，形象地把我们引入对宇宙的神秘向往。

朱俊逸 绘

小鸟飞落在小径

◆〔美国〕狄金森 ◆ 舒伟 译

小鸟飞落在小径——
不知我在张望他——
他拦腰啄住小蚯蚓,
猛地一口生吞它。

再从身旁的草叶上
把几滴露水啜饮下。
闪身一蹦到墙边,
只为一只甲虫让路。

他滴溜溜的眼珠,
飞快地扫视着四下——
我想,这转动的眼珠像是受了惊吓,
他晃了晃天鹅绒般的脑瓜,
就像有险情突发。

我小心翼翼给他递块面包屑,
他却展开双翼,
轻盈地飞回家——
胜似双桨在海面划动,
碧波中没有一丝波纹凌乱;
胜似彩蝶在正午的堤岸翩翩,
飞舞时没有一朵浪花飞溅。

李依娜 绘

诗人像是一个写生的画家,用充满爱意的眼睛,注视小鸟的每一个细小的动作,以准确的笔触,刻画小鸟啄食虫子、啜饮露珠、避让甲虫,对世界充满警觉的形象。小鸟飞上天空,像是画龙点睛,让时间和空间交融成勃勃生机的广阔画卷。

五彩缤纷的花朵

〔美国〕 西格尔 ◆ 舒伟 译

每个人都有一双眼睛,
像星星一样亮晶晶。
但每双眼睛的颜色,
你我都不一样。

无论棕色还是蓝色,
无论褐黄还是碧绿,
只要我们醒来睁开双眼,
能够看到闪闪发光的太阳,
难道有什么两样?

有人长着乌黑的头发,
有人长着金黄的头发,
还有人长着棕色的头发,
无论哪种颜色的头发,
都是漂亮的花冠。

我敢说你见过许多可爱的花园,
那里的鲜花多种多样,
颜色不同,五彩缤纷。

在这广阔的世界上,
孩子们就像缤纷的花朵一样,
色彩有深,有淡,
在生活中美丽绽放。

难道你不去想一想,
如果人人都一个样,
事情会糟糕成什么样,
谁又能分辨出你和我?

《五彩缤纷的花朵》以小见大,抓住特点,从人们眼睛、头发的不同颜色,自然地过渡到花朵的比拟,展开抒情,描绘出一幅色彩斑斓的图画;在生动浅显的诉说中,表达人类平等、团结的感情,唱出一曲人类的生命之歌。

● 艾迪斯·西格尔(1902—1997):美国诗人,她出版的诗集有《咱们交个朋友》等。

啧啧，真好吃

〔加拿大〕但尼斯·李 ◆ 舒伟 译

一个小女孩，出门玩游戏，
一个大妖怪，迎面走过来，
嘴里哼着歌，妖里又妖气：

"我要吃小孩，啧啧，真好吃！
全都吞进肚，
只剩牙齿和衣裤。
（享用他们的脚趾，才最酷）"

女孩一听不痛快，
停下脚步怼妖怪，
跺跺脚，扭扭身，
气势汹汹唱起来：

"我肚子饿了吃妖怪！
打饱嗝，啧啧啧！
到点就开干，狼吞虎咽——
我要嚼烂的，就是你这大妖怪！"

妖怪听了撒腿跑！
（女孩蹦蹦跳跳回了家，
张口就吃，吃掉弟弟的巧克力火车！）

李玲珑　绘

世界上，恐怕没有比吃让一个人感受更深的了，特别是小孩子。因此，对于小孩子的写作，"吃"也是一个常见的主题，关键是怎样写得新颖独特。这首诗从真实的情境出发，刻画出虚幻的白日梦幻，值得仿效。

● **但尼斯·李（1939— ）**：加拿大著名儿童文学作家，主要作品有《快去洗衣店》《透明的帆》等儿童诗集、小说多种，曾因诗歌创作获加拿大总督奖。

白百合岛

〔日本〕 金子美铃　◆ 史瑞雪 译

只有我一人知道,
那座遥远的孤岛。
我总是在校园里
杨树荫下画地图。

虽是一扫就消失的小岛,
虽是每次都不同的地图,
但地图中央总是湖,
湖边总是宫殿。

宫殿里住着的公主,
洁白如雪、馥郁芬芳,
拖着轻而长的绿色裙摆,
戴着金灿灿的冠冕。

岛上开满了白百合花,
那馨香能飘到天空的,
尽是长在断崖上的、
乘船靠近也摘不到的花儿。

在绿绿的杨树浓荫下，
我总是画地图。
乐此不疲、乐此不疲，不管多少次，
都画"白百合岛"的地图。

诗中有画，画中有诗，诗画原本为抒情。以"我"在白杨树下描绘白日梦为抒情起点，沉醉在湖水、小岛、宫殿、百合花等组合成的画面中，抒发对美好未来的向往以及成长的忧伤情绪。

● **金子美铃**（1903—1930）：日本女诗人，她短暂的一生创作了500多首儿童诗，有《金子美铃全集》等出版，被誉为"日本童谣诗人的巨星"。

王曦曼 绘

邻居的杏树

〔日本〕 金子美铃 ◆ 史瑞雪 译

花儿开了，一朵朵我都能看见，
在雨天里，也在月夜中。

花儿落了，纷纷扬扬飘过院墙，
也飘进我家的浴盆徜徉。

叶下何时长出了小果子，
大家已经想不起。

果子何时能熟得红彤彤，
我惦记着等了又等。

然后，我得到了，
杏儿两颗。

花开花谢，画面在时间中流动。那是一个孩子的梦，也是一个孩子与自然交流、成长的感觉。那些雨天和月夜绽开的满树杏花、沐浴的水盆里漂浮的花瓣以及满树红彤彤杏子的期盼……优美得让人沉醉，同时又浮想联翩。

邹悦妍 绘

雪

〔日本〕 金子美铃　◆　史瑞雪 译

在谁都没听过的原野尽头，
青色的小鸟去了，
冷冷的冷冷的　日暮时分。

好似为了埋葬它的尸骸，
老天撒下了雪花，
厚厚的厚厚的　寂然无声。

在无人知晓此事的村庄，
屋子全参加了葬礼，
雪白的雪白的　衣服裹身。

不一会儿，晨光微微泛起，
天空朗朗放晴，
蓝蓝的蓝蓝的　美不胜收。

那纯洁的渺小的灵魂，
去往天国的路，
宽宽的宽宽的　展在眼前。

陈思辰　绘

一只小鸟，一个平常的场景，本是一件微不足道的事，组合在一起，构成一幅背景广阔的画面。小鸟死去了，一场大雪落下来，情景交融，悲壮而又神圣，震撼人心：通向天空的路多么宽广，为那只陨落的小鸟展开……

我们在哪里围成圈?

我们在哪里围个圈?
要去海边吗?
海浪层层叠叠在跳舞
好似把柑橘花编成辫子。

要去山脚下吗?
大山会回答我们。
那就像世上所有的石块
齐声歌唱!

还是最好去林子里?
孩子与鸟儿的歌声
舞动交织,
在风中相吻。

我们要围住全世界!
在林子里围,
在山脚下围,
在每一片海滩上围!

(智利)米斯特拉尔　张礼骏 译

杨逸凡　绘

诗人把小孩的一次跳舞，描绘得似真似幻。手拉手的狂欢，在大海、群山、无边的森林旋转和舞蹈，和自然融为一体。诗境宏大，富有激情，感受真切，诗人谱写了一曲人类与自然的生命之歌。

● 加夫列拉·米斯特拉尔（1889—1957）：智利著名女诗人，出版了《绝望集》《柔情集》《母亲的诗》等诗集，获得1945年诺贝尔文学奖。

雏菊

〔智利〕米斯特拉尔 ◆ 张礼骏 译

十二月的天空万里无云，
纯净的泉水从泉眼流出，
野草抖动着身子在召唤，
召唤我们到山上围成圈。

母亲们从山谷远远望着，
小草细细嫩嫩长得很高，
上面有朵巨大的雏菊花，
是我们在山上围成的圈。

那是一朵疯狂的雏菊花，
一会儿直立一会儿垂下，
一会儿散开一会儿聚合，
雏菊花是山上围成的圈。

这一天有朵玫瑰花盛放，
石竹散发着沁人的香气，
山谷里一只小羊羔诞生，
我们在小山上围成一圈。

郭诗琦 绘

读《雏菊》，一种快乐、喜悦的情绪在感染我们，爱生活，多么美好，多么生机勃勃！作者把这一切全部蕴含在由泉水、天空、草坪、花朵、母亲、孩子组成的画面中了，因此我们读来，有一种朦胧的、童话般的感觉。

孤独的婴儿

〔智利〕米斯特拉尔

张礼骏 译

我好似听到一声哭喊,在山坡上驻足,
向路边农家的屋门走去。
一个婴儿躺在床上,用甜美的目光看我,
无尽的温柔如美酒令我陶醉!

母亲在田间劳作,迟迟未归,
孩子刚醒就在寻找粉色的乳头。
大声哭泣……我将他用力抱在怀中,
不由得唱起摇篮曲,声音不住地颤抖。

月亮透过敞开的窗户望着我们。
孩子已在沉睡,歌声如另一道光,
我沉浸其中,内心十分满足。

当女主人颤抖着双手打开屋门,
她看到我脸上洋溢着幸福,
就让熟睡的孩子继续躺在我怀中!

郑立洋　绘

诗人从"我"的视角出发,谱写了一首月下摇篮曲——女孩听见小屋里婴儿的哭声,激发母性情怀;劳动的母亲对儿子的牵挂和对女孩的怜爱,情感融入清凉的月光画面,充满母爱的温馨。诗人颂扬母爱,富有感人的力量。

三棵树

〔智利〕米斯特拉尔

张礼骏 译

三棵砍倒的树
静静地躺在路边。
它们被伐木工遗忘,好似三个盲人
紧挨在一起,充满情谊地聊天。

夕阳把鲜血涂在砍裂的树干上
阵阵微风带走它们伤口的芳香。
歪斜的那棵,枝叶在抖动
它展开宽阔的臂膀,伸向另一棵

伐木工忘了它们。夜
即将到来。我将和它们在一起
用心房装下它们柔软的树脂。
对我来说它们将同火焰一般。
清晨时分我们紧紧相挨,默不作声
沉浸在悲痛之中!

李宇欣 绘

三棵树被伐倒在路边，沉默不语。诗人还描绘落日、余晖，渲染、烘托氛围，营造情境，像油画一样涂上神秘的色彩。晚风轻拂，像在静静诉说。诗人的情感投射在形象中，为后面哲思的表达，提供了极有张力的铺垫。

清晨的声音

（英国）法杰恩
舒伟 译

清晨的声音回荡在大街小巷：
木棍的敲击声，行人的脚步声，
微风拂过梧桐树发出的飒飒声，
鸽子还睡意蒙眬，报童已忙碌上路。
士兵们那噼啪、噼啪的行进声，
马匹那嘀嗒、嘀嗒的马蹄声，
战马的数量多于士兵。
从牛奶罐倒奶的哗啦声，
女孩们叽叽喳喳的交谈声，
从水桶发出的哗哗水声，
是不带铲斗的木桶。
时不时地，当我睡眼惺忪，
外面慢悠悠移动的奶牛的哞哞声，
带来了低地芳草的气息。
时不时地，羊群的咩咩声和相互扭打的声音，
从山顶一直传到半睡半醒的我的耳中。
狗吠声、钟鸣声、麻雀叽叽啁啾的欢叫声——
直到太阳的金箭射进我的百叶窗，
我耳朵里听到的世界似乎消退了，
我从床上一跃而起，
奔向我用眼睛去观看的世界。

钟佩煊 绘

从一个孩子的倾听开始，诗人凭借"听"的"视角"，描绘生活画面，细致入微，生机勃勃。这是一曲流动的音乐，也是一幅流动的画卷，化作孩子成长的养分，告诉他们要热爱生活。

● 埃·法杰恩（1881—1965）：英国女作家，她为孩子们写过很多童话和诗歌，获得第一届国际安徒生儿童文学奖。

地球

（英国）法杰恩

舒伟 译

你知道吗，你是否知道，
地球是一颗星星？

要是有人在遥远的域外，
在日落后的夜晚，
仰望星空，
看满天繁星，游弋闪烁，
他惊呼道：
"看啊，今夜的地球，
多么璀璨明亮！

能够投生在那璀璨明亮的地球上，
是多么美妙，多么难得！
流光溢彩的星星！

当清晨露珠洒满，
青草是多么绿意盎然！
阳光普照，
金色的波光在海面荡漾，
城市也闪闪发亮。

生活在我远眺中璀璨明亮的地球上，
那该是多么充满阳光的生活模样。
在那里旋转，在那里发光，
在光芒闪耀的薄云中游弋！"

你难道不知道，
你出生在一颗星星上？
没错，千真万确。

孩子仰望星空，突发奇想，在茫茫宇宙中眺望地球——看见地球上闪闪发光的露珠、草地和蓝色的海洋……诗人巧妙地转换视角，准确描绘地球的情境，抒写内心的赞美：生活在蓝色的地球上，我们多么幸福！

唐馨蕊 绘

甲虫

〔荷兰〕凡·黑尔
陈琰璟 译

触角当先破风，
六足奋勇疾行，
它，无畏无惧。
沙尘与落叶齐舞，
大地奔腾，
它，脚下生风。

这首诗只有六行，却充满了无限的张力。一只微不足道的甲虫，与满天风暴抗衡。小甲虫奋力前行，沙尘、落叶铺天盖地，大地扬起滚滚尘土……诗人强化微小和强大的对比，彰显生命的顽强与不屈，带来震撼和激励的力量。

● 凡·黑尔（1919—1974）：荷兰超现实主义视觉艺术家、诗人。

黎明与晚星

〔古希腊〕萨福

柳叶 译

一

星星缀在鞋尖上，
你的步履闪闪烁烁，
举起晨光的手指，轻敲我窗，
在黎明时把我唤醒

二

看见风拂过草坪，
我会想起那个小女孩
在那一个清早，碰落满地露珠
弯腰，摘一朵蓝色小花

三

满天星星，仿佛回家的孩子
把早晨蜂拥而出的所有，
——绵羊、山羊和一支长长的牧鞭
都带回母亲的身边

杨玲珑　绘

萨福用希腊口语写诗，表达日常生活中自己的独特感受，仿佛总是顺手拈来，脱口而出。朴素自然，亲切感人。在寥寥的三五行文字里，时间空间交织，多幅画面重叠，看似平淡，却有张力。

● 萨福（约公元前630年—前560年）：古希腊著名的女抒情诗人。

天空的云彩

〔英国〕戴维斯

◆ 舒伟 译

我喜欢在幻想中与云彩嬉戏，
这些云彩能够随时改变苍穹的容颜；
而我能够在青色或磐石般的天际，
得到内心的欢喜。

有时候云彩会在巍巍群山之巅，
堆砌成两倍高的银色山岚，轰然飘散，
像云做的岩堆撒落在辽阔的蓝天。

我看见了美丽洁白的羊群，
时不时地，紧挨着它们雪白的绒毛，
出现了黑色的小绵羊，
它们会迅速生长，遮盖住它们的亲娘。

有时候，云朵就像小鱼儿，大小匀称，汇聚成群；
有时候，云朵看上去就像巨型航船，
游弋在碧空蓝海。

有时候，我看见那些小小的云朵，
拽着又厚又重的大大的云朵，从天空穿过——
就像小小的蚂蚁组成的队伍，
扛着比它们大十倍的白色飞蛾，从空中穿过。

有时候，我在黎明看到明亮灿烂的彩云，
它们如此静谧，令我目不转睛；
这些云朵好像经过了整夜的操练，
做到纹丝不动。

<u>触景生情、情随景生，诗歌中的喜悦和激情，源于对自然和天空、云朵的热爱。诗人把天上的云朵幻化为内心的形象，像画家一样细细描绘，创造了一幅幅云朵构成的奇妙画面，让我们惊喜，也点燃我们热爱大自然的激情。</u>

● **威廉·亨利·戴维斯**（1871—1940）：英国著名自然诗人，著有《生活之歌》《在冬天》等。

镰刀

〔罗马尼亚〕阿尔盖茨

张万旭 译

仿佛是天上新月
掉落到果园。
他们给它安上木把，
这样就可以握住它的尾巴。

麦穗像蒲草一样摇晃，
而它在其中逆向游荡。
真的就像月亮
开始了自己的奔忙。

莱亚娜一趟趟收麦黄，
捆成一束束中间摆放，
一束束堆成一垛垛，
五个五个，像星星乱撞。

天上月亮眉眼弯弯，
随后也展露欢颜，
地面镰刀银辉闪闪，
忙中不得闲。

崔艺馨 绘

诗人描绘收割的情境，从天上的月亮儿开始，勾勒出一幅油画一般的劳动场景。画面中的镰刀，成为引人注目的兴趣中心，被月亮映照、强调、突出，表现劳动和收获的快乐，为劳动唱出赞美的歌。

● 土·阿尔盖茨（1880—1967）：罗马尼亚诗人，主要著作有《蜂房》《人的颂歌》《新旧世界》等诗歌散文多种，曾经多次获得罗马尼亚国家文学奖和勋章。

夏天来了

〔日本〕佐佐木信纲 史瑞雪 译

水晶花飘香的篱笆上，
杜鹃已来吟唱，
唱响第一声啼啭　夏天来了。

梅雨浸润的田间，
插秧姑娘湿着裙摆，
栽下一株株秧苗　夏天来了。

柑橘花香弥漫在屋檐下，
窗边流萤穿飞，
嘟囔着莫偷懒　夏天来了。

楝花凋谢。在远处水边房子的
门口，秧鸡啼叫。
黄昏月色清澈　夏天来了。

梅雨夜朦胧　萤火虫飞舞。
秧鸡啼鸣　水晶花盛开。
秧苗遍插　夏天来了。

朱雨沫　绘

诗人用轻快急促的语调，描绘乡村夏天景色，画面转换，应接不暇——水晶花、杜鹃、黄梅雨、插秧女孩、橘花朵朵、萤火虫、河边楝树、月下秧鸡啼鸣；清晨、晌午、傍晚、深夜，画面在时间中变幻，夏天让人陶醉。

● **佐佐木信纲**（1872—1963）：日本诗人，主要作品有《思草》《新月》等诗集多种。

黑夜的潜行

（爱尔兰）斯蒂芬斯

舒伟 译

黑夜在大地上潜行；
她悄无声息地爬行着，
向树木爬去，将它隐藏起来，
然后又沿着墙边的草地，继续潜行。
我听到她的披巾发出窸窸窣窣的声音；
她朝四面八方抛撒黑暗，
抛向天空和大地，
也抛进我栖身的房间里。
但不管她如何竭尽全力，
要用黑暗笼罩万物，
她却无法让我的烛光熄灭。
于是我傲视黑夜，
黑夜女神只得回我以敬重的凝视。

<u>"在大地上潜行"着的，原来是悄无声息、无边无际的黑夜！诗人巧妙地借用草坪、树林、墙根以及整个天地，把黑夜具象化，强化黑夜与光明的对立与抗争，表达诗人对生命和时间的感悟，以及面对未来的信念。</u>

● 詹姆斯·斯蒂芬斯（1882—1950）：爱尔兰诗人、小说家，是爱尔兰文艺复兴运动的积极参与者，代表作有《金坛子》《玛丽玛丽》等。

朱雨沫　绘

四月的阵雨

（爱尔兰）斯蒂芬斯

舒伟 译

雨后的树叶清新明亮，
雨后的空气清爽明净，
太阳又洒下温暖的光芒。
麻雀在小巷里蹦蹦跳跳，
轻盈快捷，那充满欢乐的跳跃。

这就是为什么我们要跳舞、嬉笑，
这就是为什么我们要放声歌唱。
怀着喜悦高声呼叫，
我们今天不去学校，
也不做任何功课。
能在这样的日子里生活，
让我说啊，真令人快活。

先是渲染、构置情境，从天空到大地，从太阳到麻雀，整个世界充满快乐和勃勃生机。后面主角出场，只是跳，只是唱，画面灵动，儿童诗的情趣和快乐也就感染了我们。

雷诗彤 绘

黎明时分,鸟儿在树上歌唱

◆(爱尔兰)斯蒂芬斯 ◆ 舒伟 译

黎明时分,我听见一只鸟儿,
站在一棵树上,
发出甜美的鸣唱:
草坪上露珠晶莹闪亮,
草原上和风徐徐飘荡;
但我并非为听歌而来,
因为他并非对我歌唱!

我并非为听歌而来,
因为他并非对我歌唱——
草地上露珠晶莹闪亮,
草原上和风徐徐飘荡!
此时我也放声歌唱,
唱得同样甜美嘹亮!

我一直都在歌唱,
唱得同样甜美嘹亮,
唱草地上露珠晶莹闪亮,
唱草原上和风徐徐飘荡!
所以我并非为听歌而来,
尽管他站在树上放声欢唱!

方晨瑜　绘

一句接一句的诗行，一幅一幅的画面，把早晨的清亮与晶莹，用风和鸟的啼唱传递给我们。有意思的是，诗人只是在重复他的诉说，却带给我们全新的审美感受。

哑童

〔西班牙〕 洛尔迦 ◆ 张礼骏 译

孩子在寻找他的声音。
（蟋蟀之王将它握得紧紧）
孩子在一滴水里
寻找他的声音。

这声音我不用它来说话，
做一枚戒指送给自己，
我的无声会把戒指
戴在他那小拇指上。

孩子在一滴水里
寻找他的声音。
（远方，被俘获的声音
披上了蟋蟀的外衣。）

在一滴水里寻找声音，把声音做成戒指，身穿蟋蟀衣裳的声音被俘虏了等形象，好像荒诞不经，但联系内心感受，这一切就显得合理，充满象征、隐喻、超现实的艺术效果。

● 费德里科·加西亚·洛尔迦（1898—1936）：西班牙最杰出的诗人之一，主要有《印象与风光》《诗篇》等诗集。

赖思蓓 绘

三月的果园

〔西班牙〕 洛尔迦 ◆ 张礼骏 译

我的苹果树
已经有树荫和鸟儿陪伴。

我梦见的月亮
迎着风跳跃!

我的苹果树
向着绿色张开臂膀。

从三月,我就望见
一月雪白的额头!

我的苹果树……
(微微的轻风)。

我的苹果树……
(高高的天空)。

读《三月的果园》，仿佛看见诗人在林间漫步，枝叶晃动、鸟儿鸣跳、清风吹拂。果园的春天气息让诗人浮想联翩，想起昨夜梦见的月亮。果园的春天景象，便有了梦幻的感觉。诗人只是让情绪冲击，轻声咏叹，果园的画面便蕴含了丰富的意蕴。

孩子们

（美国）朗费罗
◆ 舒伟 译

来吧，孩子们，到我这里来！
我一听见你们在游戏蹦跳，
那些困扰我的烦恼，
便消失得无影无踪。

去把东边的窗户敞开吧，
那是朝向阳光的方向；
只要有阳光照耀，思绪就像燕子飞翔，
就像清早奔跑的溪流一样欢畅。

出现在你们心中的是鸟儿和阳光，
流淌在你们头脑里的是小溪清澈；
而在我的心中只有秋日的寒风，
和冬日的第一场落雪。

啊！如果这世间没有孩子，
那么这世界对于我们又有什么意义？
我们畏惧身后的荒芜凄凉，
远甚于惧怕眼前的阴暗悲伤。

来吧，孩子们，到我这里来！
在我耳边轻声告诉我：
在你们充满阳光的日子里，
鸟唱的什么歌，风奏的什么曲？

我们所有的经验和智慧算得了什么，
我们书本里的学问算得了什么？
你们的纯真美好，胜过世上所有歌谣；
你们才是鲜活的诗歌，其他一切都是过往。

在诗人的眼中，孩子天真无邪，像早晨的太阳。他们喧闹的声音，像燕子呢喃和山涧溪水，他们的思考也像蓝色的湖水，一切在他们的眼里都很美好。诗人赞颂孩子的生命，在画面中融进了自己对生命的感受，显得意味悠长。

● 亨利·华兹华斯·朗费罗（1807—1882）：19世纪美国最伟大的浪漫主义诗人之一。出版诗集《夜吟》《歌谣及其他》。

圣诞节的盼望

风刮过我们村庄,
雾在树林里迷漫。
我做了一个雪橇,
放在小屋的门前。

然后就开始盼望,
从早晨直到傍晚。
望着远处的天空,
盼望第一片雪花。

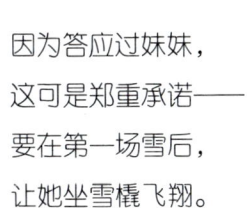

因为答应过妹妹,
这可是郑重承诺——
要在第一场雪后,
让她坐雪橇飞翔。

〔南斯拉夫〕兹马伊

◆ 柳叶 译

圣诞节那天早晨,
我要驾驶着雪橇,
一直到圣诞树林,
见到圣诞老爷爷。

然后就和他一起,
从山顶飞速滑下。
让妹妹仰头大笑,
笑声和雪花飞扬。

一个孩子冬天的所有期待和梦想,在喃喃自语的诉说中借一个雪橇展开,散发出浓郁的诗意。"圣诞节那天早晨,我要驾驶着雪橇,……从山顶飞速滑下。让妹妹仰头大笑,笑声和雪花飞扬",生动、快乐,富有感染力。

● 约万·兹马伊(1883—1904):南斯拉夫重要的儿童文学作家之一,出版有《玫瑰》《五彩斑斓的歌》等多部诗集。

鸟巢里的鸟蛋

（英国）斯蒂文森 舒伟 译

在阳光灿烂的日子里，
在月桂树枝攀缘而成的凉棚里，
鸟儿飞来飞去，啁啾欢鸣。

就在这里的树杈上，
棕色的鸟巢已筑好。
鸟妈妈静卧在鸟巢，
孵着蓝色的小鸟蛋。

我们盯着鸟妈妈，
目不转睛看呆了。
鸟蛋里面很安全，
都是鸟妈妈的小娃娃。

用不了多久，鸟宝宝就会
啄碎薄脆的蛋壳，奋力跳出，
发出的歌声，会让四月的树林，
充满欢乐。

哦，新生的雏鸟啊，
尽管比我们更幼小，更脆弱，
它们将成为，蓝天里的歌手和水手。
在山毛榉树林上空，高高盘旋。

我们拥有人类的睿智，
拥有通情达理的言语表述，
但我们只能靠两条腿走路，
步履缓慢，一步又一步。

诗人把目光凝聚在树梢的一个鸟窝上，以诉说的表达方式，描绘一幅生机勃勃的大自然画面。孩子的遐想就像飞鸟，由林间鸟巢到蓝天白云，视野开阔，激动人心。

● 罗伯特·路易斯·斯蒂文森（1850—1894）：英国作家，主要作品有《驴背旅程》《金银岛》《一个孩子的诗园》等小说和儿童诗集。

吴艾渝 绘

初雪

（俄国）叶赛宁

赵心竹 译

静静地,我驾着雪橇赶来,
落在雪地上的马蹄声窸窣作响,
只有灰乌鸦,
成群在草地上吵闹。

隐形人施展幻术,
森林在梦境的童话里打着瞌睡。
像一条白色的围巾
捆住了一棵松树。

好似老太婆弯着腰,
拄着拐棍,
松树顶上,
一只啄木鸟卖力地啄着树干。

马儿疾驰,旷野广漠。
雪落,银装素裹。
无尽的道路
像丝带般穿行向远。

葛宝檐　绘

诗人驾驶雪橇，在雪野中飞速向前，置身于形象鲜明、有声有色的画面中，给予我们奔跑、流动、真切的新奇感。诗人描绘一路感受的形象，把所有感情蕴含其中，带给我们冲击力。

● 谢尔盖·亚历山大罗维奇·叶赛宁（1895—1925）：俄国诗人，主要作品有《乡村祈祷书》《玛利亚的泉水》等。

在农舍

（俄国）叶赛宁

◆ 赵心竹 译

烤至松软的饼香气扑鼻，
格瓦斯摆在门边，
手工凿制的铁炉上，
蟑螂正努力爬进细密的凹槽。

煤烟在火炉上方升腾，
炉子里烘烤着一张又一张的饼，
在盐罐后面的长凳上
摊着一堆生鸡蛋壳。

低低地
母亲弓着腰，
老猫正悄悄溜到小壶前
舔舐刚挤好的鲜牛奶。

不安分的母鸡
都站在木犁的轴上咯咯叫着，
公鸡像赢得了胜利般在院子里
成群歌唱。

窗户下阴影处的斜坡上，
蜷着几条卷毛小狗，
它们胆小怕噪声，
正从角落爬向套马的马轭。

杜雨桐 绘

诗人描绘的农家生活画面，历史久远，远离我们的生活，是我们十分陌生的情景，但读起来仍然亲切熟悉，没有一点隔离、陌生的感觉。温暖的生活气息扑面而来，让我们获得真切的审美体验。这是因为诗人把形象描绘得真实具体，生动鲜明。

无题

（俄国）叶赛宁

赵心竹 译

噢，老天啊，你这无底的深渊
正是你蓝幽幽的肚皮。
金色的太阳恰似肚脐，
向海洋的嘴努力望去。

你用钩子将星星们编织成网，
跟在我们后边抓捕，
你将白日化作鱼笼
掷入湖眼的瞳孔。

渔夫的小小鱼笼
不会有鲇鱼进去游泳。
黎明无法使用拖网
将我带去你安静的家中。

到陆地上来吧，可以赤着双脚，
将身上所有的水和泥土肆意溅洒，
令东方化为沸腾的树脂
淋向我们的躯体。

愿火焰的嘴唇烧焦,
也沸腾着人的向往与追求。
像带走鸽子那般带走我吧,
前往你蓝色丛林的隐居。

叶赛宁在这首《无题》中,写天空,写宇宙星象,看似难以驾驭和把握,诗人却以拟人的方式,轻松地完成了宇宙的重新塑造。诗人的比拟贴切、准确,把宏大的天空画面,刻画得细致、毫不空泛,这是因为诗人的视角一直贯穿始终。

清晨

〔德国〕艾兴多尔夫

欧翔英 译

每当清晨露出第一道霞光，
穿越静静的雾谷深涧，
森林和小山就醒来喧嚷，
谁能飞翔，就张开翅膀！

人们快乐地把手中小帽，
抛向半空，这样叫道：
如果歌儿能长出翅膀，
那我就要唱个欢畅！

人啊，要走向广阔的天地，
即使心有畏惧和担忧；
没有什么比夜间更灰暗，
清晨又使它很快复原。

<u>驱动视角，任意飞翔，捕捉形象，组合画面，诗人的情感就自然蕴含其中，也会自然感动读者，和读者共鸣。我们读《清晨》就获得了极大的共鸣：如果歌儿能长出翅膀，那我就要唱个欢畅……</u>

● 约瑟夫·封·艾兴多尔夫（1788—1857）：德国浪漫主义诗人和作家，代表作为《在一个清凉的地方》《啊，山谷遥远，山峰高高》等。

殷安睿 绘

快乐的旅行

（德国）艾兴多尔夫
欧远翔 译

清香的微风吹进窗口，
告诉我春天已经来了！
听见森林在远处鸣响，
一道阳光照进我眼睛。

像是看见一个万花筒，
一条眼花缭乱的河流，
浪花像是跳舞的精灵，
邀请我去歌唱和狂欢。

不喜欢这样待在家中！
让春风给我一双翅膀，
我要踏着一朵朵浪花，
让鸟和花朵伴我飞翔！

远处还有大海的喧哗，
天边朝霞绚丽的火光，
走吧我要出门去远行，
走遍大地每一个角落！

刘裔恒 绘

读《快乐的旅行》，就好像真的拥有了一双翅膀，这双翅膀被春风唤醒，被阳光照亮，它飞进大自然，就像进入一个奇幻的空间，拥有了像鸟和花朵一样的快乐和自由。诗人把一个孩子对远方和未来的向往，宣泄得淋漓尽致。

我扶起一棵树

〔苏联〕普罗科菲耶夫

涂明求 译

我扶起一棵树,
它倒在地上,
像一个掉了队的士兵。
它不跟天上的星星说话,
夜莺的鸣啭也无法令它动心。

倒在这片它热爱的森林,
苦苦仰望蔚蓝的穹苍,
它被迫趴伏着,
被大风击倒,
摔在草地上!

空气清鲜,万物欢畅……
还有谁记得它呢,
我扶起这棵树,
像扶起一位朋友。
我听见它的灵魂在呼救。

李润妍　绘

诗人信步走去,在草坪上扶起一棵倒下的树。然后浮想联翩,把树拟人化,产生物我同一的感受,连接宇宙、星空、风雨阴晴,描绘了一幅恢宏的自然画卷。而这个画卷的视角中心,只有这棵小树。我们听到这棵小树的心怦怦跳动,在顽强地生长。

● 阿·普罗科菲耶夫(1900—1971):苏联诗人,出版有诗集《红霞街》《穿过大桥的道路》等,获得列宁奖金、斯大林奖金。

季节流转

（美国）桑德堡

舒伟 译

四月初到，青绿爬上了大小枝条，
树林结束了一冬的等待。
十月来到，树叶随风旋转飞舞，
林木倾听疾风的呼啸。
夜晚的河面，荡漾着满天星光。
灿烂夏花的静谧，飘落在流淌的河水一方。
怀揣一颗童心走来，洁净清新。
笑容绽放，犹如夏季暖风吹拂的桃李。
让落在屋顶的滴答雨滴
化作一首乐曲。
愿你的欢颜洋溢六月苹果园的芬芳。

诗人写时间和季节的变化，简洁地抓住特点，用两幅画面就把春夏秋冬、白天和夜晚的轮换蕴含在画面中了。诗人抒发情感，回到自己内心，直接倾吐面对大自然的快乐和激情。

杜忻渝 绘

● 卡尔·桑德堡（1878—1967）：美国著名诗人，代表作有《太阳灼伤的西方石板》《蜜与盐》等。1951年获得普利策奖。

昆虫的小家

〔美国〕桑德堡 ◆ 舒伟 译

绿衣昆虫在洁白的百合花花瓣里酣睡，
红衣昆虫在雪白的玉兰花怀中沉睡。
你们有明亮的翅膀，
你们是挑选色彩的行家，
你们巧妙地选择了自己度夏的洋房。

诗人营造一个童话般的世界，用百合花的绿色小虫和玉兰花的红色小虫进行对比，给我们呈现了一幅自然与生命的和谐图景。把感受引向深入，从眼前的情景，扩展画面的空间，把读者的思绪带向蝴蝶飞翔的世界。

李雨澄　绘

致安徒生

〔美国〕桑德堡

舒伟 译

厨房餐椅对着面包切刀发问：
"你为什么没有腿脚？"

面包切刀反问道：
"那么，你为什么没有牙齿？"
这场争论发生在一个夏日。
没完没了一直持续到冬天。
下一个冬天来临了，又一个冬天过去了。

最后在地窖里，厨房餐椅说：
"你的牙齿全掉了。"
面包切刀说："我看啊，你的腿脚全没了。"
它俩发现，地窖里面一片寂静，
没有食客大声喧哗，没有开胃浓汤，
也没有胡桃坚果，只有一堆煤，几只旧拖把，
还有一些破破烂烂的工具。
跟它们倒是可以交谈一下……
但大部分时间里，它们都沉默不语。

王钦焓 绘

诗人善于在日常生活中发现诗意，只是把见惯不惊的椅子、面包切刀，组合在生活的情境中，便开始有了时光的故事。诗人在编织一个时间的童话，岁月流逝，一切归于沉寂，让无声的时间，告诉你故事的结局。

✦ **这样的清晨,这样的欢畅**

（俄国）阿法纳西耶维奇

◆ 涂明求 译

这样的清晨,这样的欢畅,
这种来自白昼与光明的力量。

这蓝色穹苍,
这啼唤声声、列队成行。

这翩跹的鸟群,
这流水的絮语,
这些柳树、桦树,
这一滴滴珠泪,
这片叶子似的绒毛,
这起伏不尽的重峦叠嶂。

这蚊子,这蜜蜂,
这嗡鸣,这哨响。

这谁也遮挡不住的曙光。
这夜之城的叹息,
这不眠夜,
这黑暗又温暖的床。

这么多的颤音和碎片——
这一切,都是春天。

李沐垚 绘

诗人讴歌春天，为春天唱一首赞歌，他从自己的视角和感受出发，只是让自己的激情在形象与形象间跳跃，便有了眼花缭乱的画面。

● 费特·阿法纳西·阿法纳西耶维奇（1820—1892）：俄国诗人，他的第一本诗集为《抒情诗的万神殿》，著有四卷本诗集《黄昏之火》。

133

水中的天空

〔德国〕卡罗萨

◆ 任春静 译

草地上曾有一汪黑色的水洼,
一棵孤单的赤杨,把影儿洒到岸上。
闷热的春日里,草地慢慢变黄,
纤细的野蜻蜓将树叶啃咬,
儿时的我,喜欢只身躺下,
俯身注视水洼,水深如天空一样。

飘浮其上的是什么云朵,
灰的,有赤杨叶的深深叶纹,
边上还镶着蓝色的光。
白色的太阳时常跳跃出来,
发出淡淡光芒,柔和如同十五的月亮。

我突发奇想,用绿色的赤杨枝条,
将这天空击打。白色的太阳随之破裂,
化为无数水滴,迸发银色光芒,
落到岸上……

王思博 绘

诗人准确地重现了一次童年的心路历程。注视幽深的水洼、树影，云朵和阳光变得幽深莫测，成为一个孩子想要探索的奇幻世界。诗人在作品中描绘用树枝去碎水面，浪花溅起的情境，太阳四处迸溅，让心灵震撼。

● 汉斯·卡罗萨（1878—1956）：德国小说家、诗人，代表作品有《春天》《眺望》等。

五月的晨曲

（英国）弥尔顿

舒伟 译

明亮晶莹的晨星，
引领白昼的先驱，
从东方的天际翩翩闪烁，
带来了五月的花季；
从碧绿的胸怀生发
金黄的九轮花和桃红的樱草花。

大地迎来了生机勃勃的五月，
它激发欢欣和青春，
使希望变得热切。

山林和树木，是你的衣着装束，
山岗和溪谷，述说着你的祝福。

我们献上一首晨曲向你致敬，
恭候君临，祝愿福喜久远。

唐馨蕊　绘

弥尔顿失去视力，用口述的方式，写出了伟大的史诗《失落园》。这首《五月的晨曲》，短小精悍，是诗人热情讴歌自然、赞颂生命的一首小诗。诗人充满激情，面对五月的花朵、大地和森林，放声歌唱，向太阳问好，欢呼生命的伟大。

● 约翰·弥尔顿（1608—1674）：英国诗人、政论家，他的代表作《失乐园》，与《荷马史诗》《神曲》并称为西方三大史诗。

天地间的漂泊者

（英国）拜伦　舒伟 译

告诉我啊，星星，
你那发光的翅膀，让你像闪电般飞翔。
那么你在夜空中何处才能安歇，
可以收起你的翅膀？

告诉我啊，月亮，
你这苍白而疲倦的天路行者，
在太空跋涉，无家可归。
那么你在日夜兼程的旅途中
要到哪里才能求得安眠之所？

劳累奔波的风之君啊，你四处漂泊，
就像世间被放逐的不速之客，
那么你是否还有隐秘的容身之处，
无论在树丛里，还是在浪花中？

诗人触景生情，面对星星和月亮，把它们人格化，抒发自己的情感，星星和月亮就有了诗人内心的印痕。它们在黑暗里飞翔和漂泊，和风一样，拥有喜怒哀乐，诗人此刻早已和自然融为了一体。

● 乔治·戈登·拜伦（1788—1824）：英国19世纪初伟大的浪漫主义诗人，代表作品有《恰尔德·哈洛尔德游记》《唐璜》等。

李沐垚 绘

敲钟

（西班牙）毕加索

舒伟 译

我用尽力气敲钟，钟声多么响亮，
一声声像热血在迸溅！

钟声惊飞鸽子，
在城市上空不断盘旋，
直到筋疲力尽，雪片般坠落在地。

我想用泥封住所有门窗，
用头发缚住全部鸟儿的歌唱。
我想摘回大地所有的花朵，
搂住小羊羔，轻轻轻轻抚摸……

让它吸吮我的乳汁。
我用哭了又笑的泪冲洗它，
唱世上最孤独的歌，伴它进入梦乡。

姚子霖 绘

诗中有画，画中有诗。画家毕加索的这首《敲钟》，让我们读出了中国传统诗歌的品格。诗人表达出对和平的强烈呼吁，将用尽全力撞击的钟声，幻化为具体的形象，从天空到地上，从摘回花朵，到抚慰小羊羔，完成了和平的心愿。

● 巴勃罗·毕加索（1881—1973）：西班牙画家，现代艺术的创始人，代表作有《格尔尼卡》《和平鸽》《生命》等。

那时我是个小孩

那时我是个小孩,梦想很多,
还未享受过青春;
有人弹奏着弦琴,
唱着走过我院门。

我不安地抬头观望:
"喔,妈妈,快放开我吧……"
他的第一声琴音响起,
我的心就裂成两半。

我知道他会唱哪样——
那将是我的人生。
别唱,别唱,你这异乡人:
那将是我的人生。
你唱我幸福,我努力,
你唱我的歌唱,然后——
我的命运被太早唱出,
等到我花开繁茂,却无法回到童年。

(奥地利)里尔克 ◆ 欧翔英 译

他唱着，脚步声渐渐远去——
他还得继续前行：
唱我受不了的痛苦，唱我错过的幸福，
还要带我走，带我走——
没人知道去向何方……

<u>"我"听见歌声，从门缝里张望，就有了对成长、青春的向往和憧憬，富有抒情的感染力。</u>

● 赖内·马利亚·里尔克（1875—1926）：奥地利诗人，代表作为《祈祷书》《新诗集》等。

疯狂

〔奥地利〕里尔克

◆ 欧翔英 译

她总在默念：我是谁……我是谁……
那么，玛丽，你是谁？
一个女王，一个女王！
给我跪下，给我跪下！

她总在哭泣：我从前……我从前……
那么，玛丽，你从前是什么？
一个孤儿，穷得精光，
我也不知从何说起。

难道人人向她跪拜的
女王，是这个小可怜变成？
可不，事情全然变了样，
再没人看见她四处行乞。

就这样你变得高贵无比，
什么时候，你还能再讲讲？
一个晚上，一个晚上，一晚刚刚过去，——
他们同我谈话就变了腔。

我走进小巷，看啊：
就像琴弦被绷紧；
于是玛丽变成了旋律，旋律……
从一端跳到另一端。

人人害怕，跑得多么慌张，
逃到屋旁紧贴墙面；
因为只有女王才敢那样，
在街巷里狂舞，狂舞！……

这首诗写人物，写女孩的快乐、忧伤和疯狂，编织进童话般的情节，把人物的形象刻画得活灵活现。女孩的种种表现，说到底，还是在写人物的内心情感，所以这首诗，仍然是在抒发诗人的情感。

奖赏

〔奥地利〕里尔克

◆ 欧翔英 译

春天又回来了,大地
像一个饱读诗歌的孩子;
多,啊,真多……,这付出相当值得
长久的努力,她终获奖赏。

她的老师很严厉,我们都曾喜爱的白色
是那老人的胡须。
现在像什么?是绿色和蓝色,
我们要问:她一定都懂得,懂得!

大地,自由而幸福,尽情嬉戏吧!
孩子们都来了,让我们抓住春光,
快乐是最大的成功。

哦,老师给她的教导那么多,
一切都印刻在根部和那些
修长而坚韧的枝干上:她唱了又唱!

诗人把春天和冬天拟人化,季节交替的画面,幻化成富有意味的人类生活画面。春天的美丽和热情、奔放,都是在冬天的严寒中获得的。诗人为春天的歌唱,就变得那么激动人心。

陈诗月　绘

阿克曼草原

（波兰）密茨凯维奇

◆ 舒伟 译

我穿行在没有海水的，辽阔的草原之海。
马车就像一只双桅帆船，扎进一片绿色之中，
摇荡着，穿过由植被和花草形成的绿色波涛。
我越过了火红的珊瑚矢车菊群岛。
黄昏时分，放眼望去，
既没有道路，也没有山岗。

我仰望天空，寻找可以指引方向的星星。
遥远天际的云彩闪闪烁烁——
明天就是月蚀了；第聂伯河的河水泛着微光；
阿克曼草原的灯火闪耀，若隐若现。
我站立在寂静之中，只听到迁徙的鹤群
展翅高高飞过，使捕食的鹰隼望而却步；
我听到草原上铜色蝴蝶翩跹起舞，
听到一条蛇在草丛里蜿蜒滑行。

万籁俱寂，我把耳朵伸向长满绿草的小径，
努力倾听来自家乡的声音。
没有任何人发出声音。

李孟阳　绘

夜晚的草原，诗人驱车，黑夜和无边的荒草、野花的画面，让他像置身于大海一般，感受真切，触景生情，内心的情绪被激发，便顺手拈来，真实描绘画面。面对星空，诗人静静聆听，感受宇宙的气息，获得生命的能量，与我们共鸣。

● 亚当·密茨凯维奇（1798—1855）：波兰浪漫主义代表诗人，重要著作有《歌谣和传奇》《塔杜施先生》等。

当水手们……

● （法国）雨果　◆ 包灵灵 译

当水手们，计算着，踌躇着，
在星海中寻找航行的方向；
当牧童们，睁着天马行空的眼，
在树林里眺望归路和星辰；
当天文学家们，披星戴月，
在漫漫天路中观测一颗行星，
而我，探求着无垠中的另类。

如蓝宝石般的深邃！
竟无人洞悉，夜空中，那青衫
是滑过碧空的翩翩天使。

> 雨果是小说作家，读这首诗，感觉他又是一位深沉的哲学家。在诗人的眼里，一切形象都蕴含着引人思考、给人启迪的思想。诗人把他对自然的思考和未来的追寻，以水手、牧童和天文学家为跳板，让自己探索宇宙和星空的翅膀，飞向无边。

● 维克多·雨果（1802—1885）：法国19世纪浪漫主义文学代表作家，代表作有长篇小说《巴黎圣母院》《悲惨世界》等。

倪子悦 绘

梦中捕捉远去的影子……

梦中我试图捕捉远去的影子,
愈渐消散的影子,
我登上高塔,脚步颤抖,
台阶在我脚下颤抖。

登得越高,看得越清,
远方的轮廓被勾勒得逐渐明晰,
四周声音渐起,
回荡在天地间,降临到我身旁。

攀登渐高,它们便越发闪亮,
休眠的山脉顶端闪烁着光,
它们似乎在用告别的光芒爱抚你,
似乎正温柔地抚摸着朦胧的目光。

脚下,夜幕降临,
沉睡的大地已入夜,
于我而言,白日之光仍闪耀,
远处的火光正燃烧。

〔苏联〕 巴尔蒙特

赵心竹 译

"远去的影子"是什么呢？诗人向高处攀登，渐去的影子却在脚下消失——原来，诗人是在捕捉时间与记忆！时间无法捕捉，人却可以向前，诗人站得越高，它就越加明亮，沉默的山峰也越加巍峨。原来诗人在高歌一曲时间中的励志之歌。

● 康斯坦丁·巴尔蒙特（1867—1942）：苏联象征派代表诗人，出版有《无边无际》《我们将像太阳一样》等诗集。

北方的传说

〔俄国〕勃洛克

赵心竹 译

在遥远的北方云雾中，
立着一块礁石。

一望无垠的海边，
她抬起俊逸的脸。

礁石的轮廓，
勾勒北方穷苦人民的模样。
依照古老的传说，
它被唤作黑姑娘。

每当海面云雾迷蒙，
航海者迷失了方向，——
忽而看见云端的礁石顶上，
站着位黑姑娘……

动之以情，他向她祈祷……
黑姑娘以悲悯之心，
唤来海浪，依她的指挥
将这艘船送到岸旁。

佚名　绘

诗人借用民间故事，讲述大海和渔人的互相依存和矛盾的关系。看似简单、见惯不怪，因为有了对形象和画面的精确刻画，有了把大海和渔民紧密联系的"黑姑娘"，大海变得善良和平静，诗和故事变得意味深长。

● 亚历山大·亚历山德罗维奇·勃洛克（1880—1921）：俄国诗人和戏剧家，著有《十二个》《木偶剧》等诗集和戏剧，是俄国象征主义流派的领军人物。

去采蘑菇

〔苏联〕帕斯捷尔纳克 ◆ 赵心竹 译

我们一路跋涉去采蘑菇，
沿着高速公路和沟渠去森林。
道路旁的电线杆
朝左也向右。

从宽阔的高速公路
我们融进森林的黑暗。
脚踝没过露水深处
迟疑观望，歧路徘徊。

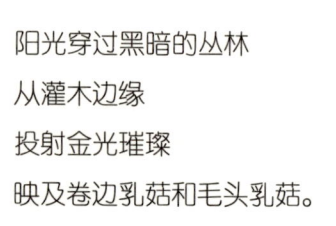

阳光穿过黑暗的丛林
从灌木边缘
投射金光璀璨
映及卷边乳菇和毛头乳菇。

蘑菇躲在树桩后，
鸟儿在树桩上栖息。
我们的影子化作路标，
以免我们迷路。

但九月的白昼
如此短暂：
霞光几乎无法穿过灌木丛

赶到我们身边。

盛满箱子，
篮子也满当当。
我们最想采到的牛肝菌
占了一半之多。

我们离开了。身后是
一片静息的森林，像一堵墙，
白昼在大地的美景中
骤然被烧尽。

诗人描绘一幅一幅的画面，感受幽暗森林的露水、阳光和神秘的气息，让一次采蘑菇的活动，有了诗意和人生隐喻的味道。时光在流逝，森林在喧响，珍惜生命的情绪也在流淌。

● 鲍·列·帕斯捷尔纳克（1890—1960）：苏联诗人，主要作品有诗集《云雾中的双子座星》和长篇小说《日瓦戈医生》，获1958年诺贝尔文学奖。

初霜

〔苏联〕索科洛夫

◆ 赵心竹 译

树木黑压压地矗立着,
在黄色的草皮和枯叶上。
抽出黑色的枝条,
伸向空旷而澄澈明净的天空。

一阵风来,
黑色的树随之摇曳,
白色的鸟儿从树梢飞起,
向上,似坠落无底的深渊。

今早我来到这座花园,
它身上爬满了白色的苔藓,
它请我屏声息气,
别打扰栅栏的安谧,
还有灰麻雀无声的飞翔。
在小路尽头,我十分欢喜,
一天前仍是黑色的树木,
此刻均已围起白色的披肩。

花园忘记了寒冷的侵袭,
变成白色,几乎没有呼吸,
仿佛揭示着
树木都有纯洁的心灵。

读这首诗,仿佛在读一个童话。童话的主人公虚无缥缈,是时光,是大自然色彩的微妙变化——黑色的树木和树冠、白色的鸟儿引发白色的蔓延,纯净的白色占据了整个世界。诗人构置色彩的画面,色彩冲突,步步深入,最后展示一幅纯净的美丽画面。

● 弗拉基米尔·尼古拉耶维奇·索科洛夫(1928—卒年不详):苏联诗人,"轻派"诗歌的鼻祖,擅长写城市风景。

雷雨将至

（苏联）雷里斯基 ◆ 涂明求 译

四月小心翼翼，
五月花繁叶茂，
树木穿过春天
完成了华丽的转换。

时令已是暮春，
到处落英缤纷，
树上的每一个青果儿
都渴望从天而降的甘霖。

但并没有雨水降下来。
腾腾热气笼罩着村庄。
从地上飞掠而起的，
是燕子不安的翅膀。

麻雀则蹲在沙堆里，
像孩子躲进清凉的湖水。
看吧，乌云开始聚拢……
人们都在期待一声惊雷。
就连小小孩儿也懂得——
雷雨正从山那边赶来。
鸟儿们的翅膀
将天空压得更暗更低。

闪电终于亮起,
雷声轰轰隆隆。
霎时间大地散发出
大海和硝烟的气味。

<u>读着《雷雨将至》精确的诗句,一幅一幅风光图景,真切地呈现一场雷雨由远而近的情景,夹带着海洋的气息,由平静到喧响,笼罩着整个大地。诗意集中雷雨将至的氛围描绘,细致入微,让人既紧张又期待。</u>

● 马·雷里斯基:生年不详,苏联诗人,出版有诗集《在白色的海岛上》。先后获斯大林奖金、苏联国家奖金、列宁奖金等。

刘语阳　绘

苏珊姑妈讲故事

〔美国〕休斯

舒伟 译

这是苏珊姑妈,
她脑瓜里装满了故事。
这是苏珊姑妈,
她总想一心一意讲故事。

在夏日的长夜里,
苏珊姑妈坐在门廊前,
把黑孩子搂进自己怀里,
给他讲了好多故事。

你看黑奴们,
顶着烈日做苦力。
你看黑奴们,
不顾寒露赶夜路。

你看黑奴啊,
滔滔河水身旁流,
河堤放声唱悲歌;
歌声飘荡,
融进苏珊老姑妈讲故事的声音里;

歌声流淌，
流进苏珊姑妈讲述的故事里，
化作挥之不去的阴郁和悲情。

黑孩子听着这些故事，
他知道苏珊姑妈讲述真实发生的故事。
他知道苏珊姑妈讲述的，
绝不是来自任何书本的故事，
它们都是苏珊姑妈亲身经历的故事。
在夏日长夜里，黑孩子安静专注，
聆听着苏珊姑妈讲述的故事。

> 苏珊姑妈的故事，把黑人奴隶的苦难生活呈现给我们。让我们在诗中看到两个画面，一是温馨的讲故事的场景，同时我们也看到黑人奴隶艰苦劳动的情境。一首小诗让我们对黑人的苦难有了清楚的认识和更为丰富的感受。

● 兰斯顿·休斯（1902—1967）：美国诗人，20世纪美国最杰出的黑人作家之一，代表作有《梦乡人》《哈莱姆的莎士比亚》等。

白若溪　绘

森林

〔德国〕施莱格尔

任春静 译

向你致敬,亲爱的森林!
黄昏时分,远处传来山笛声,
带着狂野的意趣,
唤起心中的回忆。

你或已矗立千年,
幽暗、勇敢的森林,
你让所有人类的技艺羞愧,
用你编织的绿色。

枝丫多么有力,
林木多么稠密,
纵使太阳光芒四射,
也无法穿越你的身体!

树干笔直强劲,
它们向上,向上;
朝着头顶的蓝天,
脚下是土地的蓬勃和坚毅。

神秘的生命之血,
流经遍布的脉络,
在春的光辉中,

编织出绿色的冠顶。

自然，我触到你的手，
与你同呼吸，
你的心嵌入我心，
压迫却熟悉。

此刻，我想起往昔，
幽暗的森林，
自由之子曾多么爱你，
他们也应在此无限畅想。

你曾是人们的居所和堡垒，
敌人的呐喊穿不透，
你这绿色的帐布，
那时，世界是片自由天地。

杨筱柔　绘

诗人描绘森林，从声音和时间开始，把枝干交错、枝叶密织的森林描绘得真切、历历在目，诗人把自己的情感融进森林，森林就有了诗人的情怀。仿佛每一根树干都挺直，天空是它们的方向。在诗人的眼中，森林不仅幽深茂密，人类的成长史也蕴藏其中。

● 弗·施莱格尔（1772—1829）：德国诗人和文学理论家，作品有《希腊人及罗马人的诗歌史》《路清德》等。

井畔的孩子

〔德国〕 黑贝尔 ◆ 任春静 译

乳娘，乳娘，孩子醒了！
可是她还在安静的梦乡。
小鸟叽喳，太阳笑了，
羊群在山坡上吃草。

乳娘，乳娘，孩子离了床，
他勇敢迈开步伐！
他跑向水井的方向，
那里有草儿和花。

乳娘，乳娘，井可深哪！
她睡着，像睡在井里！
孩子从未跑得如此之快，
是花儿向他召唤。

现在的他已在井畔，目的地已达，
他采着花儿，满心欢喜，
但他很快失了兴致，
于是向井的深处看去。

他看到井里有一张脸庞，
眼睛可爱又明亮。
其实那是他自己，可他并不知道，
于是默默真诚地向他问好。

孩子向他招手,影子也快速
从井的深处回应他,
"上来呀!上来呀!"孩子想,
影子却说:"下来呀!下来呀!"

他的身体已经弯到井的上方,
乳娘,你还在睡吗?
他的花儿从手中掉落,
打碎了这诱人的景象。

花儿不见了,美丽的身姿,
被跳跃的水波吞噬,
孩子哆嗦不止,惊恐又寒冷,
迅速逃离了此地。

<u>诗人用急促、平淡的语调讲述一个惊险的故事。孩子在井畔玩耍,阳光明媚、花朵开放,天真无邪的孩子面对深井的诱惑,千钧一发之际,一束鲜花打破了水井的平静,孩子也重回阳光下。诗的魅力就在于这样岌岌可危的瞬间,让人内心五味杂陈。</u>

● 弗里德里希·黑贝尔(1813—1863):德国诗人和戏剧家,他的诗有象征主义的倾向,也可以看出极度浓缩的戏剧表现手法。

斗篷，小船和鞋子

◆ (爱尔兰) 叶芝 ◆ 朱立新 译

"你做的什么美丽而又鲜亮?"

"我将忧伤做成斗篷：
在人们眼中是可爱的形象
它就该是忧伤的斗篷，
不管以谁的眼光。"

"你用帆布做的什么可以飞翔?"

"我为忧伤建造小船：
在海上日夜前行不停航
忧伤似流浪的小船，
在海上日夜漂荡。"

"你用羊毛编织什么闪着白光?"

"我将忧伤编成鞋子：
忧伤的脚步轻柔而无声响
在所有忧伤的耳朵里，
突然出现却又无声无响。"

练宸忻 绘

  诗人虚拟了一问一答的情境,把忧伤具象化,融入斗篷、小船和鞋子等具体蕴含诗意的画面中,一步步地抒发感情,推进诗意。读起来轻盈、活泼。在简单直白的语句中,让人深思。

● 威廉·巴特勒·叶芝(1865—1939):爱尔兰诗人、剧作家和散文家,代表作有《钟楼》《盘旋的楼梯》等,1928年获诺贝尔文学奖。

一个笨蛋的诗

〔爱尔兰〕 叶芝 ◆ 朱立新 译

花斑猫和驯养兔哟,
挨着我的壁炉进食,
然后又在那里睡觉;

它们只能将我依偎,
为探索也为保护自己,
正如我将命运拥抱。

梦中惊醒,我思绪一堆,
有一天我或许会忘记,
给它们食物和水;
或许会忘记将门关闭,
驯养兔也许因此溜走,
发现它时,猎人放出了猎狗……

我感受到了负担,
中规中矩的人也会觉得艰难,
而我能有什么才干
不过是心智游移的笨蛋,
只能在心里祈祷,求老天减轻我的负担

佚名 绘

讲小动物的故事，诗人平静地诉说，充满了调侃的趣味。诗人注视着火炉边的花斑猫和驯养兔，对着它们喃喃自语，关心它们的生活，牵挂它们的安危，表现了诗人热爱自然，与动物和谐相处的情感。

早晨

〔德国〕 凯勒

◆ 任春静 译

太阳不断升起,
就如我的希望,不断重生,
像一朵花那样,绽放,
直至落日。
然后它疲惫睡去,
与花一起。

但它又会愉悦醒来,
随着早晨的第一缕光!
这就是力量,生生不息,
战斗不止,
永不干涸的血液,
神奇地扩散。
只要清晨的风,
犹能吹过大地,
自由的卫士就永不会落幕。

诗人表达对生命热爱的情感，用太阳似一朵在晨光中绽放的鲜花，比拟朝气勃发的自己。这朵花和时间一起奔腾，和地球一起旋转，夜晚、清晨，生命就这样绽放力量，奇妙地循环、成长，充满热血，战胜黑暗。

● **高特夫里特·凯勒**（1819—1890）：德国诗人、小说作家，有长篇小说《绿衣亨利》等作品，被称为"短篇小说的莎士比亚"。

雨

〔法国〕 普口多姆

包灵灵 译

下雨了。雨声沙沙;
树叶不配被风轻拂,
在滂沱中猛烈摇晃;
阴霾天让鸟儿忧伤。

泛起的泥玷污泉水,
小路裸露出鹅卵石。
沙子晕染泥土气息;
巨浪将它掀起抛弃。

地平线像张帷幕苍茫;
玻璃窗上,雨水滴答;
门前铺石路上,噼啪
蹦跶,水珠如璀璨星光。

沿着墙,忧郁的狗紧跟,
一群湿透的,晚归的牛;
满地泥泞,云翻雾罩;
人倦了:哎!雨真凄凉!

唐钰涵 绘

这首《雨》的抒情，显示出不同凡响的诗人才能。诗意的本质是真切，诗人把下雨的情景真实地呈现在辽阔、苍茫的画面中，诗意就真实地传递给了我们，让我们获得了情感共鸣和美的享受。

● 苏利·普吕多姆（1839—1907）：法国现代诗人，有诗集《长短诗集》《战争印象》等，获首届诺贝尔文学奖。

黑色的鸟喝醉了阳光

〔德国〕道腾代 ◆ 苏苏 译

黑色的鸟喝醉了阳光,
所有的花园被歌声灌满,
所有的心都栖息着唱歌的翅膀,
都变成飞满歌声的花园,鲜花绽放。

现在大地也仿佛有了羽翼,
所有的梦都飘扬五彩的霓裳,
所有的人都变成鸟儿,
在蓝色的天空筑起云的窠巢。

树木枝干交错,绿叶哗哗响,
朝着云端的太阳歌唱,
所有的灵魂都在阳光中沐浴,
所有的水流像是火焰在燃。

春天总是水流与阳光的融合,
所有的生命朝气蓬勃!

青姝妙 绘

诗人把阳光具象化，让阳光依附春天的翅膀，让花朵绽开，让大地飞翔，让世间万物欣欣向荣，焕发无限的生命能量。景随情生，在这里，充满生机的春天画面，也是诗人内心情感的真实表达。

● 马·道腾代（1867—1918）：德国诗人，代表作为《超紫色》《带翼的土地》等。

在礼拜天犁地耕耘

〔美国〕史蒂文斯

舒伟 译

白公鸡的尾巴
在风中摇晃。
雄火鸡的尾巴
在阳光下闪闪发亮。
水流淌在地里。
狂风呼啸不已。
羽毛随风激荡，
它们在疾风中发出呼叫。
战神之子瑞摩斯，
吹响你的号角！
我要在礼拜天犁地耕耘，
耕耘北美洲大地。
吹响你的号角！
咚嘀咚，嘀咚咚咚！
雄火鸡的尾巴，扶摇上太阳。
白公鸡的尾巴，漂流到月亮。
水流淌在地里，狂风呼啸不已。

付玮航　绘

诗人刻画和描写劳动，只是捕捉富有特点的形象，依凭这些形象，宣泄劳动的激情。在画面中，渠水流淌，树梢摇晃，高空呼啸而过的风，变成了神圣的号音，催人勤奋。人们耕耘着荒漠的土地，创造粮食和人类文明的生活。

● 华莱士·史蒂文斯（1879—1955）：美国现代主义诗人，有诗集《秋天的极光》《弹蓝色吉他的人》等，获得美国国家图书奖、普利策诗歌奖等。

去捉拿可爱的小乳鸽

〔美国〕普拉斯　◆　舒伟　译

到金黄的玉米地
捉拿可爱的小乳鸽；
在鹌鹑聚集的地方
捕获有奇怪斑点的鹌鹑；
去屋脊上圈住蓝圆鸽，
让羽翼丰满的雄鹰去飞翔。

惊雷炸响，撕裂天空，
快躲起来，躲起来，
躲进深深的巢穴里，
否则霹雳闪电把你轰成灰烬。

到铺着树叶的洞穴去逮住沉睡的大熊，
去设套捕捉在柔和阳光下打盹的麝鼠；
去捉弄那懒洋洋地躺在泥潭里的大母猪，
让奔跑的羚羊跑得更快，
飞雪挟着狂风从后面扑来；
快躲起来，躲起来，躲进安全的岩洞，
否则暴风雪会吹瞎你的双眼。

去吧,从松动的硬壳里剔除紫色的蜗牛,
到溪流边给昏昏欲睡的鳟鱼布下鱼饵;
到芳草萋萋的浅滩捡拾悠闲的牡蛎,
快让水银色的鲭鱼游走吧,
黑沉沉的波涛倾压下来;
快躲起来,躲起来,躲进温暖的港口,
否则你会淹死在水里。

梁雅菡 绘

这首诗读起来轻快和跳跃,不仅是语调,还包括形象。仿佛童谣接龙一般,诗人的感受从自己的视角出发,走马灯一样从一个形象到另一个形象,给我们组合了一系列动物生活的画卷。好像有些无厘头,但是有足够的诗意和情感冲击,就够了。

● 西尔维娅·普拉斯(1932—1963):美国自白派诗人,著有诗集《巨型雕像》《横渡》等。

夕阳下的风景

〔芬兰〕索德格朗 沈赟璐 译

看,夕阳
游动的火之岛
傲然划过抹了奶油的绿色海洋。
着火的岛屿!火炬般的岛屿!
行进着胜利队伍的岛屿!
从深处闪出一片黑色森林。
欺骗似的,妒忌般地——陶醉着,
列队着,凯旋着……
苍茫下可怜的迷雾森林
被攫取,被高举——排列在肃穆中。

光荣!胜利
下跪吧,
在世界阴暗角落里的雄狮。
在高昂的音符中结束了一天……
光线被无形之手斩断

李羚与 绘

诗人描绘大海的落日,情景生动,画面耀人眼目。大海的恢宏和壮丽,在满天晚霞中被渲染得神秘奇异,仿佛一个神奇的童话世界。在画面中,诗人仿佛成为巨人,俯视大海,让昏暗角落里的魔怪猛兽,全被人类驯服。

● 艾迪特·索德格朗(1892—1923):芬兰瑞典语诗人,作品有《未来的阴影》《不存在的国度》等,被誉为北欧文学史上最伟大的作家之一。

未来的列车

拆掉所有荣誉的大门——
荣誉的大门竟那么低。
把空间留给我们梦幻般的列车!
未来担负重任——我们要为无边的可能
架起桥梁。
巨人,从天涯海角搬来石头!
恶魔,把油倾入炼钢的炉火!
妖精,用你的皮肤量量尺寸!
英雄的身影,升上天堂
命运之手——开始作法。
从天空中抠出一块来。大地光芒四射。
我们要拆旧建新,
我们将为未来的甘露挥洒汗水。
动身吧,先驱者们,
奇光已在远处显现,
今天,需要你们来报晓。

〔芬兰〕索德格朗

沈贇璐 译

贺天琥 绘

《未来的列车》这首诗里，诗人以孩子的视角编织一个现在与未来、黑暗与光明对峙的生动故事，场面壮观，充满了鼓号的鸣响，浩浩荡荡，给人激情，促人奋进。

风暴

〔印度〕泰戈尔　　罗小岚　译

风暴气势汹汹,倏忽而至
河岸边的翠竹战栗着掀起绿浪。
雷在空中轰隆隆擂动大鼓,
啊,风暴来了,船夫啊,快摇桨!

一排排波涛在河中翻滚,
河滩上的芦苇被吹得倒下又立起。
远处田野卷起滚滚的尘土,
一刹那占领了整个天空。

几只乌鸦像断线的风筝,
在风中飘舞,又朝大地扎下。
然后被狂风卷动着翻滚,
忽地冲起来,在空中扑扇翅膀。

一道一道闪电撕扯着乌云,
起伏动荡的原野,也惊慌失措。
啊,船夫,恒河水发疯了,
快撑竹篙,让船躲进河湾里的村庄。

申宇彤 绘

<u>诗人描写一场突如其来的风暴，像高明的画家，把风暴的"气势汹汹，倏忽而至"描写得真实具体。狂风中挣扎飞行的乌鸦和闪电，突出风暴的猛烈和强悍。船停泊进了村庄，让人在风暴中获得平安和宁静。</u>

● 泰戈尔（1861—1941）：印度诗人，主要作品有《吉檀迦利》《新月集》等，1913年获得诺贝尔文学奖。

第七感

〔苏联〕 马尔丁诺夫 ◆ 涂明求 译

摩天大楼耸入云霄,
这是建筑师的丰功伟劳。
可惜人们已另有他求——
比现在更高。

书籍越写越浩繁,
恕我无法一一读完。
可惜人们已另有他求——
比现在更全。

感官越来越细琐,
不是五个,而是六个。
可惜人们已另有他求——
比现在还多。

为揭开隐藏的因果,
为探寻秘密的道路,
抛开你那已然生锈的第六感吧,
召唤第七感快快光顾!

至于什么是第七感,
人人都有定义的权利——
一眼望穿未来,
没啥比这事儿更容易!

张怡菲　绘

《第七感》赞颂人类的智慧。诗人抓住一系列具体、生动的形象来阐释和表达，让我们读后获得强烈的共鸣。

● 列昂尼德·尼古拉耶维奇·马尔丁诺夫（1905—1980）：苏联针对自然科学现象写哲理的诗人之一，"智力诗派"的代表。

七岁的女孩

〔土耳其〕希克梅特
陈清 译

嗒，嗒，嗒
敲门，我在敲门。
但我已成飞灰，
你的眼睛里，
映不出我的渺小。

在广岛，
我成了飞灰，
一个七岁的孩子，
一捧飘散的飞灰
好亮，好烫，好痛啊……

闪亮的焰火，
刹那的灼热。
眼睛，发梢，躯体，
火和热，
吹散了我的一切。

转眼，我已在这世上游荡十年。

嗒，嗒，嗒
看不到我。
嗒，嗒，嗒

你也莫慌。
毕竟，我已化作一捧飞灰。

嗒，嗒，嗒
我来敲门，
求不到我的那块糖。
求你们，
大人们，
许下愿望，立下誓言，
给孩子们的未来天空，
明朗的阳光，
和
甜美的风。

<u>诗人呼吁和平，反对战争，却虚拟死去的孩子的叩门和呼唤——希望尝到糖、希望不被烧死！这就有了震撼人心的力量！谁会对一个孩子这样的请求无动于衷呢？能够这样巧妙构思，在于真实感受——诗人一直活跃在反战第一线。</u>

● 纳齐姆·希克梅特（1902—1963）：土耳其著名诗人，主要出版了《希克梅特诗集》等，曾获国际和平奖。

白房子

〔苏联〕 阿赫玛托娃

赵心竹 译

冷若冰霜的太阳。阅兵式上
士兵们步调整齐划一。
我喜欢一月的正午,
助我解闷消愁。

我记得每一根在这里的树枝,
每一个剪影。
猩红的光芒透过薄霜的白色网眼
滴落下坠。

这里的房子几乎都是白色的,
有着玻璃门廊。
多少次我抬起无力的手
握住挂铃铛的门环。

多少次……士兵们,玩耍吧
我会找到我的房子,
通过倾斜的屋顶,
通过永生的常春藤,认出它。

但无论是谁将它移走,
带到陌生的城市,
或从记忆中取出
永远通向那里的道路……

远处的风笛声逐渐消逝,
雪花像樱花般飞舞……
而,显然,没有人知道
白色的房子已不复存在。

《白房子》读起来诗意朦胧,但诗人描绘的画面又是那么鲜明和清晰。这是诗人内心感受和语言表达一致的呈现。诗人在寻找记忆的印痕,回忆的意识流就开始流淌。战争已经远去,白房子变成和平的回忆。

● 安娜·安德烈耶夫娜·阿赫玛托娃(1889—1966):苏联著名诗人,代表作有《没有主人公的叙事诗》《安魂曲》等,被誉为"俄罗斯诗歌的月亮"。

毕加索

〔西班牙〕梅洛 ◆ 张礼骏 译

一

世界是孩子手中的一根线。
或是他紧握的小拳头里
一道彩色的闪电。
或是踏着第一缕晨光踩破泡沫。
大海啊，大海，比时间还要古老！

二

在愤怒的找寻中，反复思考，
无罪的世界。一会，
另一堵光形成的墙破碎倒下，
巨大的身体在海边接受阳光照射。
将所有的力量集中在手上，一拳击出，
真理迸裂而出：真实永恒！

三

他挺起身子。赤裸着身躯
非常疲倦。如同一座历经沧桑的大山。
肩上扛着整个太阳。你看呐。
他的脸通红，
好似雕刻而成。头上戴着白色的皇冠。
不是白雪，不是灰烬。脚下有青草，
有大海的细沙。他巨大的手

曾在一瞬间握住寰宇，现在松开了，
给人类一条充满生机的道路。

黄琰茹　绘

毕加索是一位大画家。诗人只是抓住和把握画家生命中的一些时间切片，或者直接刻画，或者用比拟的方式呈现，于是，大画家平常、普通的凡人形象，就被塑造成连接时光、捕捉闪电、征服世界的神了。

● 阿莱克桑德雷·梅洛（1898—1984）：西班牙著名诗人，著有《轮廓》《带名字的肖像》《终极的诗》等诗集，获得1977年诺贝尔文学奖。

和平的真相

（法国）艾吕雅 ◆ 包灵灵 译

我知道所有和平鸽做窝的地方，
人的脑子是其中最自然的一处。

为了所有人的面包，为了所有人的玫瑰
我们都宣下誓言。
我们正迈开大步
而这不是漫漫长路。

我们无暇休息，我们无暇睡眠
我们翻越过黎明和春天
我们要准备日夜和季节
用梦想划下界限。

和平的捍卫者总面带微笑
当每一次为了理想而奋斗。
手上的火把点燃星星之火
那喜悦的火苗温暖每颗心。

我的幸福是我们的幸福
我的阳光是我们的阳光
我们分享着彼此的生活
这是属于每个人的时空。

祝雨馨　绘

表达对和平的祈祷和呼唤，诗人轻声细语地对着我们说话，言语中勾勒出人们期盼的画面：给大家面包，给大家玫瑰！和平的面目原本如此简单。诗人语不惊人，却深深地叩动读者的内心。

● 保罗·艾吕雅（1895—1952）：法国著名超现实主义诗人，"二战"期间投入反法西斯的斗争中。他的诗《自由》，是法国最著名的诗歌之一。

深秋漫步

〔美国〕 弗罗斯特 ◆ 舒伟 译

我迈步穿越收割后的田野,
一大片光秃秃的根茎,寂静无声地绵延,
像披着厚厚露珠的茅草片片,
几乎遮蔽了通向花园的小径。

当我走进那座花园,
从枝蔓纠缠的枯草中传出
一阵清脆响亮的鸟鸣,
凄美哀婉,绝无仅有。

大树落尽了树叶,孑然伫立在园墙边上,
还剩一片悬挂在树梢的褐色枯叶。
难道是我这想法惊扰了这片孤叶,
它晃晃悠悠地飘落在地上。

我往前走了走,停下脚步,
从花期弥留的紫荆花中,
采了一朵已经褪色的蓝花,
我要把这朵蓝花再次奉献给你。

崔艺馨　绘

读这首诗，细心体会可以看见、听见的一切，它的色彩、它的声音、它的冷清的气氛和老树枝干遒劲、树叶飘零的形象，你的感动一定会漫上心头。诗人感觉细致微妙。

● **罗伯特·弗罗斯特**（1874—1963）：美国诗坛泰斗，主要作品有《孩子的意愿》《小溪西流》《另一片牧场》等，先后四次获得普利策奖，被授予美国国会勋章。

我们对这个星球的把控

〔美国〕弗罗斯特

舒伟 译

我们祈求天空降雨。
降雨时没有出现电闪雷鸣。
它没有为我们的求索而爆发雷霆之怒,
而是刮起了一阵狂风。它不会误解我们的本意,
它给予我们的,已超越了我们所求;
既然你们许下求雨的心愿,
那就如你所愿来一场狂风暴雨,
让你们遭受厄运,葬身水底。但天空温情地
为我们降下一场晶莹透亮的阵雨。
我们把雨水浇灌进谷物的根茎,
天空又为我们降下一场雨,接着又是一场,
直到那湿润松软的泥土
再次充满生命的水分。我们也许会质疑
善与恶之间的分量、公正。
大自然经常与我们过不去,
但我们不能犯了健忘症:自开天辟地以来,
无论和平时期还是战争时期,
再考虑到人类的本性,
看看大自然的所有作为吧。
它终归还是偏向于惠顾人类,
最起码有百分之一的成分,
否则我们生存的人口数量

不会稳定增加，
我们对这个星球的把控能力
也不会如此增强。

何姿 绘

弗罗斯特写自己的真实情感，写田园和乡土，总是能把自己的生活、举手投足、一枝一叶都转化成耐人寻味的诗句。这首诗也是这样。诗人对细雨娓娓地诉说，深入时间的深处，抒写了一曲人类对自然的颂歌。

人类的摇篮

〔苏联〕斯麦利亚科夫

涂明求 译

帐篷似的天幕温柔庇护着
老妇人、工人、儿童，还有流浪汉。
因此，才有个古怪的天才
给咱们的地球起了个绰号——人类的摇篮。

他晃晃悠悠地爬上楼梯，走入房间，
过度的单纯让他像失忆一般，
忘了地球上的青草与小麦，
无不浸透着血汗。

透过望远镜，他欣赏着
这颗水汽氤氲的蔚蓝星球，却看不见
军用手枪代替了玩具，
正笨拙地握在某个孩子的手心里面。

在星光的烛照下，
外星人可能只有一种美。
但宇宙之光可并不简单，
地球上的生命同样并不简单。

为了全人类的节日,
为了天真的梦想得以实现,
我们不得不用智慧与鲜血
将地球和月球的土地浇灌。

> 这首诗以诉说的方式,叙物言情,歌颂地球,颂扬人类。诗人视野广阔,既能从大处着眼,又能微观抒情,把人类的奇思妙想和世俗生活,以及对未来的憧憬,进行了细致而生动的刻画。超越时空,人类永生永世的梦想和追求,被融入整个宇宙,宣泄诗人的激情。

● 雅·斯麦利亚科夫(1913—1972):苏联诗人,代表作为《我又想起了你,妈妈》《献给人民的朋友》等,获得1967年苏联国家奖金。

后记：努力为孩子寻觅好诗

北岛

从小爱诗的孩子很多，长大以后成为诗人的，却凤毛麟角。德国作家黑塞九岁时读到一首写夜晚的诗，便立下一辈子写作、成为大诗人的志愿。这首诗是这样写的：

> 夜，悄悄来了，
> 旁若无人，把星星披在肩上。
> 与我们不一样，满怀新奇，晶莹闪亮，
> 从莽莽群山间缓缓升起，它神秘而又辉煌……

黑塞便开始写起来。从童年到终年，他写了1400多首诗，出版了10多本诗集，还有大量长篇小说、中短篇小说和剧本，获得了诺贝尔文学奖。黑塞的成功，与他最初读到的这首诗分不开，因为，他获得了一种强烈的震撼，感受到了真正的文学的美与力量。文学的目标不是一个空的名号，而是一首好诗、一篇好的散文或者小说应该有的模样。

  当然，并不一定要成为诗人才读诗，诗也是人的生命中不可或缺的智慧和力量。东方的先贤说："不学诗，无以言。"西方的圣哲也说："读诗使人灵秀。"但那必须要是灵秀的、激发人奋进的好诗。好诗才能够让人审美，给人启迪。

  我出生在只有石头和树叶的山村，童年不知诗为何物，后来却也一生爱诗。几十年以来，我一直沉浸在诗的海洋，每天读诗、写诗和教孩子学诗。我没有黑塞的幸运，一开始就读到让人震撼的好诗，因此一直努力去寻找、探究和分辨什么是诗，什么是好诗，诗怎样给人带来感动和激励、让人愉悦。好诗也成就了我自己。

  从少年时代开始，逛书店我几乎只买诗集，日复一日，如今我的藏书中，竟然有好几千册诗集了，古典诗词、中国现代诗、外国诗、诗歌理论……一排一排，陈列在书柜，成为一道风景。我喜欢在书柜前欣赏层层叠叠的书脊，也喜欢抽出一堆诗集，堆在书桌上胡乱翻阅；自然，更喜欢端坐桌前，在台灯下忘情地阅读、做笔记，那是遇到特别喜欢的好诗，或者写作之前。我知道，写作的源泉是生活，但"为有源头活水来",写作必须从读书开始,特别是读世界上最好的诗。

自然,诗也分五等。并非每一首诗都是诗、都好。大巴山有句土话叫"扯草草,塞巴篓",这是胡乱搪塞、敷衍了事的意思,如当前一些给孩子的诗歌读物。现在的孩子与我的童年相比,没有石头和树叶,更没有黑塞的幸运,容易遇到直击内心的真正的诗,获得一生的力量。我希望每一个孩子读到第一首诗,就能产生对未来的向往和求索,持之以恒,追逐一生。努力为孩子寻觅,成为我最大的动力。

本书内页学生版画指导老师为
成都电子科大附中附小美术组：
胡功敏　陈夜　崔竹　张琴　徐清
尹银银　梁忆雪　袁露　李琴　李信
谢冰　悦露　程韵竹

扉页绘图
仁寿县艺术东方学校：毛曦芮（12岁）